80's　エイティーズ
ある80年代の物語

橘　玲

幻冬舎文庫

80's

エイティーズ　ある80年代の物語

目次

1983見つめていたい

1984 雨音はショパンの調べ

1985-1995 DEPARTURES

Prologue
No Woman, No Cry

高田馬場《たかだのばば》の駅前に大きな書店が入っているビルがあった。東京に出てきたばかりのぼくは、たいてい大学のひとつ手前のその駅で降り、授業をさぼって、ビルの地下にある喫茶店で時間をつぶしていた。一九七〇年代末のことだ。

その喫茶店には壁がなく、テーブル席と通路は手すりで隔てられているだけだった。中央に丸いカウンターがあり、サイフォンがずらりと並んでいた。カウンターのなかには、金髪の美しい白人女性がいた。いまならよくあるカフェだろうが、田舎者のぼくは、これまでそんな店を見たことがなかった。

その後ずいぶんたってから、その店が、斬新なレストランを次々と開店して大成功を収めた経営者の一号店だということを知った。――彼の店のひとつで小泉純一郎《こいずみじゅんいちろう》首相とジョージ・W・ブッシュ大統領の会食が行なわれたといえばわかるだろう。

その経営者は、大学を中退してシベリア鉄道でスウェーデンに渡り、ストックホルムを拠点にヨーロッパ全土を放浪して、帰国後に外食ビジネスを始めた。カウンターのなかの女性とは、そのときに知り合って結婚したのだという。

ある日その店のBGMで、これまで聞いたことのない音楽が流れた。その歌声は一瞬でぼくを虜《とりこ》にしたが、誰が歌っているのかはわからなかった。

その何日か後に、またその音楽が流れた。ぼくは思い切ってカウンターに行くと、美しい女性に曲の名前を訊《き》いた。

彼女はちょっと驚いた顔をすると、「ノーウーマン・ノークライ」と教えてくれた。「ボブ・マーリー。わたしも大好き」

誰にでも、なぜか記憶に刻み込まれて忘れられない些《さ》細《さい》な出来事がある。これはそんな私的な物語だ。

古都モスタルは、サラエヴォと並ぶボスニア・ヘルツェゴビナの観光地として知られている。アドリア海に面したクロアチアの城塞都市ドブロヴニクから日帰りするのが定番の観光コースだが、できればサラエヴォからの路線バスで行きたい。

ディナル・アルプスはアドリア海に沿ってバルカン半島を南北に縦断する山脈で、ボスニア南部のヘルツェゴビナ地方の町は標高二〇〇〇メートル級の山沿いに点在している。サラエヴォを出発したバスは、ネレトヴァ川に沿ってこのディナル・アルプスを越えていく。眼前に勇壮な岩山や渓谷、透き通った湖が次々と現われる幻想的な光景は、これまで体験したバスの旅のなかでもっとも記憶に残るものとなった。

バスがモスタルの町に近づくと、山の頂に巨大な十字架が見えてくる。だがその一方で、一五世紀にオスマン帝国によって開発されたこの街は、古い石造りの建物やモスクなど往時のイスラームの面影をよく残していることでも知られている。

モスタルの文化遺産のなかでもっとも有名なのが、ネレトヴァ川にかかるスタリ・モストだ。一六世紀につくられたアーチ型の橋で、橋脚をもたないシングル・スパン・アーチとしては現存する世界最古のものとされている。イスラーム建築の技術水準の高さを象徴する貴重な遺産だが、ユーゴスラヴィア紛争さなかの一九九三年十一月に破壊されてしまった。

内戦が終わると、ユネスコを中心にスタリ・モストを再建する計画が持ち上がり、世界各国から寄付を募り、切り出された石を当時の技法にしたがって精巧に組み上げた。二〇〇五年に橋が完成すると旧市街を含めて世界遺産に登録され、その数奇な運命によって多くの観光客を集めている。

スタリ・モストと並んでこの地を訪れた観光客を驚かせるのは、車道（ブレヴァール通り）を挟んで雰囲気がまったく変わることだ。道路の東側がボスニア人の住む旧市街、横断歩道を渡ればクロアチア人地区で、南の山頂に町を見下ろす巨大な十字架が建てられ、カトリック教会の高い塔がそびえるヨーロッパ風の整然とした街並みがつづく。

この町の住人たちは、特別な用事がないかぎり、道路を渡って相手の地区に行くことはない。人口一〇万ほどの小さな町は、たった一本の道路で完全に分断されている。

観光のあと、旧市街のカフェでワインを飲みながらチェバプチェチチェという郷土料理を食べた。羊肉のケバブにピタパンを添えたもので、トルコ料理によく似ている。こんなところでワインをボトルで頼む客は珍しいらしく、ひとのよさそうな店主は片言の英語でかいがいしく世話を焼いてくれた。

その後、道路を渡ってクロアチア人地区を訪れた。町の外れに大きな墓地があって、真新しい墓石の前には美しい花が置かれていた。墓石に刻まれた没年のほとんどは、凄惨な内戦が勃発した一九九二年からの四年間だ。墓地の向かいは閑静な住宅街で、そこから麻のジャケット姿の金髪の男性が犬を連れて出てきた。

旧市街のカフェの親切な店主も、犬を散歩させている恰幅《かっぷく》のいい紳士も、年齢は四十代だろうか。ボスニア・ヘルツェゴビナの紛争が終結したのは一九九五年だから、まだ二〇年ほどしか経《た》っていない。そう考えて、ふと不思議な気持ちになった。二十代のあのとき、彼らはなにをしていたのだろう。

ボスニア・ヘルツェゴビナ紛争は、ユーゴスラヴィア軍の支援を受けたセルビア人勢力がサラエヴォのボスニア人（ムスリム）を包囲・狙撃し、スレブレニツァでは七〇〇〇人余のボスニア人捕虜を処刑したことなどから、「加害者」＝セルビア人、「被害者」＝ボスニア人として語られることが多いが、事実はずっと複雑だ。

内戦勃発前の一九九一年の人口調査によると、モスタルの約一二万人の住民は、ボスニア人三四・九パーセント、クロアチア人三三・八パーセント、セルビア人一九・〇パーセント、ユーゴスラヴィア人一〇・〇パーセント、その他二・三パーセントとなっている。

この調査で「ユーゴスラヴィア人」として登録されているのは、両親の宗教が異なっているなどの理由で、自分のアイデンティティを特定の宗教・民族に結びつけるのを嫌ったひとたちだ。サラエヴォと同じくモスタルでも、内戦前のひとびとは宗教のちがいを気にせず隣人としてつき合っていた。

だがセルビアやクロアチアで民族主義が台頭すると、この多様性がモスタルの住民を疑心暗鬼に突き落とす。どの民族も単独で多数をとることができない以上、どこと手を組むかで自分たちが多数派になることもあれば、少数派として迫害されることにもなりかねないのだ。

内戦が勃発すると、圧倒的な装備をもつセルビア人に対抗して、ボスニア人とクロアチア人が軍事同盟を結んだ。ところがモスタルではセルビア人の比率は二〇パーセント弱で、ボスニア人とクロアチア人が手を組むと彼らは圧倒的な少数派になってしまう。

この状況に危機感を抱いたセルビア系住民はスルプスカ共和国（ボスニア内のセルビア人国家）に軍事支援を求めたものの、ボスニア・クロアチア連合軍に撃退され撤退してしまう。

セルビア軍がいなくなると、モスタルのセルビア人は身を守る術《すべ》をすべて失った。ボスニア人とクロアチア人は市内のセルビア人のほとんどを虐殺するか追放し、セルビア正教会の聖堂や修道院はもちろん、住宅や墓地にいたるまでなんの痕跡も残さず破壊し尽くした。

こうしてセルビア人の「民族浄化」が完了すると、こんどは共通の敵を失ったボスニア人とクロアチア人が敵対するようになる。

モスタルには他の地域のセルビア人民兵組織から逃れてきたボスニア人が続々と避難してきており、その数は人口の一割を超える一万八〇〇〇人に達した。クロアチア人はこの大量流入によって勢力の均衡が崩れることを恐れて避難民の強制退去を命じ、それでも市内に残っているボスニア人市民を標的に総攻撃を開始したのだ（佐原徹哉『ボスニア内戦』有志舎）。

モスタルの内戦では、クロアチア人側の指導者が戦争犯罪や人道に対する罪などによって、旧ユーゴスラヴィア国際戦犯法廷から訴追されている。そのうちの一人、スロボダン・プラリャクは二〇一七年十一月二十九日、オランダ・ハーグの国際戦犯法廷で、禁固二〇年の刑が言い渡されたあと毒物を服用して自殺した。モスタルでは内戦の「加害者」はクロアチア人、「被害者」はボスニア人で、ふたつの民族はいまも交流がないまま暮らし、行政組織も二重になっている。クロアチア人は観光客が押し寄せる旧市街のボスニア人地区を冷ややかに眺めているだけだ。

だがこの町にはもうひとつ、「語られない歴史」がある。

モスタルに古くから暮らしていた二万人を超えるセルビア人はいまではほとんど残っていない。故郷に戻ったひとたちもわずかにいるが、彼らには家や職ばかりか先祖の墓すらも残されていない。一人ひとりの人生の記録だけでなく、共同体の歴史までなにもかも完全に消えてしまったのだ。

この美しい町には、かつてセルビア正教会を中心にセルビア人が暮らす一角があった。だが、モスタルを訪れる観光客がその事実を知ることはない。ボスニア人にとっても、クロアチア人にとっても、不都合な歴史だからだ。

自分の目で見たことがすべてではなく、見えないものこそを物語ること――旅はときどき、そんな大切なことを教えてくれる。

もの書きになってから二〇年ほど、時間ができると世界を旅している。

かつてのユーゴスラヴィアの首都ベオグラードは、現在はセルビア共和国に属しているが、一九九九年にコソボ紛争の懲罰として米軍を中心とするＮＡＴＯ（北大西洋条約機構）の空爆を受け、いまも廃墟《はいきょ》になったビルが残っている。セルビア人とアルバニア人の民族対立から泥沼の内戦が始まったコソボでは、首都プリシュティナの中心部にベオグラード空爆を決めた米大統領ビル・クリントンを顕彰する銅像が建っている。

ぼくが旅をする理由は、想像力が足りないからだ。実際にその土地を訪ねてみないと、人口の九割が敬虔《けいけん》なムスリムであるコソボになぜアメリカの星条旗があふれ、首都に「ビル・クリントン通り」があるのかなんて、考えることはなかっただろう。


ムガル帝国五代皇帝シャー・ジャハーンが愛妃ムムターズ・マハルの死を悼んで建てたタージ・マハルで知られる北インドの古都アーグラに、「シェローズ・ハングアウト」という、アシッド・アタックの被害者が運営する小さなカフェがある。アシッド・アタックはインドをはじめとして南アジアで頻発する、若い女性の顔に硫酸・塩酸などの酸（アシッド）をかける犯罪行為のことだ。

アーグラのこのカフェはインターネットで知って、インド旅行のついでに訪ねてみた。

カフェは幹線道路に面した小さな一戸建てを改築していて、中庭のテラス席では若い白人女性が一人で本を読んでいた。一階にはテーブル席が六つか七つあり、左手の大テーブルはスタッフが使っていた。壁の書棚に自由に読める本が並べられ、部屋の奥には試着室があって、これも若い白人女性がサリーの着付けをしてもらっていた。それを手伝っている女性の顔にははっきりとわかる傷があった。

アメリカ、テキサス州のエル・パソを訪れたのは、第四五代アメリカ大統領にドナルド・トランプが選ばれた直後だ。トランプの掲げる政策は、オバマケア廃止、TPP（環太平洋パートナーシップ協定）からの離脱、ムスリムの入国禁止、米国の雇用を減らす企業への制裁などいろいろあるが、そのなかでもっとも耳目を集めたのは「メキシコとの国境に万里の長城をつくる」だろう。

ところがメキシコとの国境がどうなっているのかグーグル・アースで見てみると、そこには壁のようなものが映っている。これはいったい何なのか。ニューヨークの知り合いを訪ねるついでに、アルバカーキで車を借りて見にいくことにした。

エル・パソの西で幹線道路から外れて国境に近づくと、巨大な黒いフェンスが現われる。高さ五メートルほどで、それがえんえんとつづいている。調べてみると、米墨国境にはじめてフェンスがつくられたのは冷戦が終わった一九九〇年にさかのぼり、9・11同時多発テロ後のブッシュ政権下で政府に壁の建設を義務づける全フェンス法が成立（二〇〇六年）、それがオバマ政権でも継続され、いまではエル・パソから西のカリフォルニアに向けて一一三〇キロもつづいている。総延長が国境の三分の一に達するこの建築物を「壁」と呼んでいいのなら、トランプの主張のずっと前にすでに「万里の長城」はできていた。

ヨルダンの首都アンマンのホテルでニュースを見ていると、爆発で壊れかけたビルが映し出された。二〇一三年十二月二十七日にベイルートの中心部で起きた爆弾テロで、反シリア派の元財務相を含む七人が死亡、七〇人以上が負傷した。このニュースになぜ驚いたかというと、翌日、まさにその場所に行くことになっていたからだ。

ベイルートではそれ以前にも、住宅地にロケット弾が射《う》ち込まれたり、駐車場の車が爆発したり、イラン大使館前の路上の連続爆弾テロで大使館職員を含む多数の死傷者が出たりしていた。だがこれらの事件はすべてシーア派住民が多く住む南郊外で起きていて、観光客が集まる中心部が標的となることはなかった。

ぼくは一介の旅行者で危険な場所に行く気はないのだが、いまさら旅程を変えるわけにもいかず、恐る恐るベイルートの国際空港に降り立った。しかし到着ロビーを見回しても警官の姿はなく、目につくのはタクシーの客引きばかりだ。そのなかの一人と料金交渉がまとまると、彼は満面の笑みでいった。

「ウエルカム・ベイルート！」

ぼくはジャーナリストではないから、旅のいちばんの目的は観光だ。

ナイアガラ、ヴィクトリア、イグアスの「世界三大瀑布《ばくふ》」はすべて訪れた。イグアスでは国立公園のなかに一軒だけあるホテルに泊まって、観光客の誰もいない早朝の散策ルートを歩き、大迫力で流れ落ちる「悪魔の喉笛」の雄大な景観を独り占めすることができた。

古代文明の遺跡では、エジプトのナイル川に沿った巨大な遺跡群や、ヨルダンのペトラに残された壮大な石の寺院に圧倒された。古代ギリシア文明を象徴するクレタ島のクノッソス、エルサレムの神殿の丘や岩のドーム、古代中国・西安《シーアン》の兵馬俑《へいばよう》やカンボジアのアンコールワット、ミャンマーのバガンの仏塔群も強く印象に残っている。

標高三四〇〇メートルのアンデス山脈にあるインカ帝国の首都クスコから列車に乗ってマチュピチュを訪ねたこともあるし、中国の西寧《シーニン》から「天空列車（青蔵《チンザン》鉄道）」で標高三七〇〇メートルのラサにも行った。ジンバブエでは国立公園でもないふつうの道に突然、キリンが現われてびっくりした。ボルネオのジャングルではオランウータンの群れが間近にいて、ガイドから「こんなことは一年に数回しかないよ」と驚かれた。

エーゲ海に浮かぶサントリーニ島から「世界一の夕陽」を眺め、モロッコのサハラ砂漠ではベドウィンのテントに朝日がのぼった。マルタ島から地中海を、ミコノス島からエーゲ海を、ベネチアからアドリア海を、シチリアのカターニアからイオニア海を、ドミニカのサント・ドミンゴからカリブ海を、リオデジャネイロから南大西洋を、モーリシャスからインド洋を、ゴアやムンバイからアラビア海を見た。

ぼくが通っていた高校は高台にあって、体育の時間以外はずっと窓から外を眺めていた。

東海道新幹線が走っていて、その先に銀色に輝く海が広がっていた。
あの海の向こうにはなにがあるんだろうと、ずっと思っていた。

1978-1981
雨あがりの
夜空に

ほとんどの場合、大人のいうことは正しい

ぼくは太平洋岸の地方都市のごく平凡なサラリーマンの家に生まれ、典型的な郊外の住宅で育ち、地方銀行に勤めていた父親の仕事で小学校のときに転校してまた地元に戻ってきた。小学校の頃の記憶はほとんどないのだが、唯一憶《おぼ》えているのは転校先での出来事だ。

その新しい学校は〝民主的〟なクラス運営を目指しているらしく、担任の若い女性教師は、自薦・他薦で班長を選び、子どもたちが話し合いで班を組むよう指導した。転校直後のぼくはクラスに一人の知り合いもおらず、なにが起きているのかわからないままおろおろしているうちに、どこの班にも所属できずに女の子と二人で取り残されてしまった。

こうしてぼくたちは二人だけの班になった。その女の子は知的障がいがあり、当時は〝知恵遅れ〟と呼ばれていた。

「班長」としてのぼくの役割は、彼女の代わりに質問にこたえたり、宿題を手伝ったりすることだった。いまにして思えば、若い女性教師は障がいのある生徒の扱いに困り、転校生のぼくにすべての面倒を押しつけたのだ。

それ以外にもぼくと彼女には、子ども集団のなかで守らなければならないいくつかの暗黙

の決まりが課せられた。

　廊下と運動場の水飲み場には専用の蛇口が指定され、それ以外の水道を使うことは禁じられた。掃除のときの箒《ほうき》や塵取《ちりと》りも決められていて、ほかの道具に触れてはいけなかった。クラス内では誰もぼくと話をしようとせず、学期が終わるまでのあいだ、学校ではほとんど口をきかずに過ごすことになった。

　いま風にいえばいじめということになるのだろうが、それでこころに傷を負ったとか、不登校になったとか、そういう大袈裟《おおげさ》な話はなにもない。

　当時は銀行の寮に住んでいて、そこには同年輩の子どもがたくさんいたから、学校から帰ればごくふつうに彼らと遊んでいた。学年が変わると彼女とは別のクラスになり、自然に友だちもできて、そのうちに転校直後の奇妙な日々を思い出すこともなくなった。

　しかしそれと同時に、自分が一人でいることにさしたる苦痛がないことに気づいた。

　彼女に勉強を教えることを除けば会話をする機会がほとんどなかったので、学校で一日に何回しゃべったかを数えるのがいつのまにか習慣になった。無言の日々がつづくことも珍しくなかったが、そのことをつらいとかかなしいとか感じた記憶はない。ただ漠然と、「誰とも話さずに今日も一日終わった」と思っただけだ。

ぼくはずっと、自分がほかの子どもとはどこかちがっていると感じていた。それは「学校」という集団にどうしても馴染《なじ》めなかったからで、中学や高校でもこの違和感はつきまとった。

中学までは大人のいうとおりやっていたが、高校になると勉強する理由がさっぱりわからなくなった。その頃、真剣に考えていたのは船乗りになることだった。商船大学や商船高等専門学校の資料を取り寄せてあれこれ調べたこともある。

その夢をあきらめたのは、遊覧船に乗っただけでひどい船酔いになったからだ。こんな苦しいことはとてもやれないと悟り、新幹線の終点の東京か大阪に行こうと思いはじめた。そして、家を出るもっとも都合のいい言い訳が大学に行くことだと納得した。

ぼくは目立たない生徒だったけれど、不良仲間のあいだでは麻雀《マージャン》の面子が足りないときの要員とみなされていた。学校の近くに古い喫茶店があって、そこが不良のたまり場になっていた。

ある日、そこに警官がやって来て、制服を着て煙草を吸っていた生徒が何人か補導された。ぼくはその場にはいなかったが、けっきょく名前が出て、親といっしょに校長室に呼び出されて一週間の自宅謹慎を言い渡された。進学校だったので新聞にも書かれ、けっこうな騒ぎになったらしい。

謹慎期間中は、家から一歩も出てはならないといわれていた。あまりにヒマなので、家にあった文学全集をぱらぱらめくっていたら、いきなり物語の世界に引きずり込まれた。それがロシアの小説家ドストエフスキーの『罪と罰』だ。

それから一週間で、『白痴』『悪霊』『カラマーゾフの兄弟』の長編すべてを読んだ。二〇〇〇年代に入って亀山郁夫《かめやまいくお》訳の『カラマーゾフの兄弟』がベストセラーになり、新しい読者が増えたことでもわかるように、ドストエフスキーの長編小説は高尚な世界文学ではなく、もとは新聞や雑誌に連載された大衆向けの娯楽読み物だ。長ったらしいロシア人の名前と、次々と変わる愛称（誰が誰と話しているのかわからなくなる）の規則さえ憶えてしまえば、こんなにわくわくする物語はない。たとえば『罪と罰』は、殺人犯の視点から事件を描いた犯罪心理小説の傑作だ。

そのなかでもとりわけ強烈だったのは、『悪霊』のスタヴローギンと『カラマーゾフの兄弟』のイヴァンだった。二人とも文学史上に名高い無神論者のニヒリストで、たちまちぼくの頭のなかでは神について、世界について、生きる意味について、スタヴローギンとイヴァン・カラマーゾフがえんえんと議論するようになった。といってもこれは特別なことではなく、ドストエフスキーの小説で熱病（フィーバー）にうかされたひとはみんな同じ体験をしているはずだ。

ロシアの文芸批評家ミハイル・バフチンは、この魔術的な小説技法を「ポリフォニー」と名づけた。これは「複数の声をもつ」ことで、ドストエフスキーは作者を「神」の視点に立たせたり、主人公と自分を重ね合わせるのではなく、登場人物の一人ひとりに独立した「声」を与え、膨大な対話のなかに独特の小説世界を構築した。そしていったんこの魔術にはまると、そこから出ることができなくなってしまうのだ。

外の世界から隔絶された場所で、誰とも話をせず、睡眠時間を削ってドストエフスキーを読みつづけるのは一種の洗脳だ。十七歳のぼくは、自分の人生が変わったと思った。そして、翻訳でこんなに感動するのなら、ロシア語で読んだらどんなすごい体験ができるだろうと考えた。こうしてぼくは、ロシア文学の専攻のある大学に入学した。

入学式直後のイベントは、新入生向けの記念講演だった。一〇〇〇人以上入る巨大な講堂をぎっしり埋めたその講演で、有名な女優の父親でドイツ哲学の大家でもあった老教授が力説したのは、「うちの大学の男子学生は田舎者が多いから、ブスな女子学生に簡単に引っかかってしまう。世の中にはもっといい女がたくさんいるのだから、彼女を選ぶときは慎重にしなさい」という話だった。――いまならセクハラで許されないだろうが、当時はこういう発言はごくふつうだった。

ロシア語の授業は二クラス合わせて四〇人くらいで、高校時代にぼくと同じような〝ドストエフスキー体験〟をした学生も多かった。その頃はすでに「ソ連」や「共産主義」の評価は地に落ちていたから、役にも立たない語学を選ぶのは大学のなかでもかなりの変わり者で、「ふつうの学生」（とぼくたちは呼んでいた）からは相手にされなかったが、そのぶん仲はよかった。

そうはいってもクラスにはふたつのグループがあり、そこにははっきり線が引かれていた。ひとつは、東大や京大のような国立大学に落ちて入ってきた学生、もうひとつは（ぼくのように）第一志望だった学生だ。田舎から出てきたぼくは、「誰もが知っている東京の大学」に入学したことでじゅうぶんに満足だったから、飲みに行くたびに失敗した受験のことをえんえんと愚痴る彼らがほんとうに不思議だった。

ロシア語のクラスのなかで最初に友だちになったのが篠原《しのはら》くんで、ベタな大阪弁をしゃべり、押しが強く、角刈りに学ランというそうとうに風変わりな格好をしていた。剣道の有段者で、高校選手権で全国大会に出場したと自慢していた。ぼくとはまるでちがうタイプだけど、やはりドストエフスキーにはまり、「カラマーゾフをロシア語で読みたい」と思って、周囲の反対を押し切って文学部を選んだ。でも、ぼくと篠原くんがよく似ていたのはそれだけではなかった。二人とも、ロシア語の授業から真っ先に脱落したのだ。

ロシア語はキリル文字でアルファベットがまったくちがい、「P」が英語の「R」だったりする。そのうえドイツ語のようにすべての名詞に男性・女性・中性があり語尾が複雑に変化する。それを苦労して覚え、ドストエフスキーの中篇『地下生活者の手記』の冒頭をなんとか読んでみて、ぼくはようやく気づいた。当たり前の話だけれど、日本語のものをロシア語で読んだからといって倍感動できるわけはないのだ。

こうしてぼくは授業に出なくなったが、それでもなんとなく大学には行っていた。篠原くんもまったく同じ状況で、たいていはアルバイトに明け暮れていたが、キャンパスで顔を合わせるとどうすれば楽に単位を取れるかの情報交換をした。

「オレの家は通天閣《つうてんかく》の近くで、ものすごく貧乏な母子家庭なんだ」大阪弁のイントネーションが残る標準語で篠原くんはいった。「オレはお母ちゃんの自慢の息子で、勉強でも剣道でも一番になれっていわれて育てられてきたんだ。だからなんとしても卒業して、いい会社に入って、お母ちゃんを安心させなくちゃいけないんだ」

とはいえ、これは虫のいい話というわけではない。当時の文系のマンモス大学は、学生が授業に出ることを前提としていなかった。そもそも物理的に学生全員が出席すると教室から溢《あふ》れてしまうのだから、授業に出なくても卒業できるのは、高い授業料を払っている「学生の権利」とされていたのだ。

高校までは映画館がふたつしかない町に住んでいたから、大学の授業をドロップアウトしてヒマになると、『ぴあ』や『シティロード』といった情報誌をたよりにあちこちに映画を観《み》にいった。当時は話題作を上映するロードショー館と、根づよい人気がある古い映画を繰り返し上映する二番館、三番館と呼ばれる映画館があった。DVDはもちろんビデオもない時代のことだ。

その頃、二番館のどこかでかならずかかっていたのが『アメリカン・グラフィティ』で「アメグラ」と呼ばれていた。『スター・ウォーズ』が大ヒットする前のジョージ・ルーカスが、自分の高校時代の体験をもとに、ベトナム戦争が泥沼に陥る前の「アメリカがいちばん輝いていた時代」を描いた青春映画で、ぼくは地元の映画館で高校二年生のときに観た。アメリカの高校生がごくふつうに車を乗り回しているのを知ってほんとうにびっくりし、映画に出てくる伝説のDJ、ウルフマン・ジャックを聴こうと、AMラジオで米軍放送FENにかじりついた。いまでもいちばん好きな青春映画だ。

一九七〇年代末を代表する映画というと、『スター・ウォーズ』のほかに、スピルバーグの『未知との遭遇』、リドリー・スコットの『エイリアン』になるだろうか。邦画は角川《かどかわ》映画の全盛期で、金田《きんだ》一耕助《いちこうすけ》を主人公にする怪奇ミステリーから、やがて片岡義男《かたおかよしお》原作の『スローなブギにしてくれ』や赤川次郎《あかがわじろう》原作の『セーラー服と機関銃』などの、ライトでトレンディなものへと変わっていった。アニメでは、テレビ放映時はほとんど話題にならなかった『宇宙戦艦ヤマト』が映画化されて大ブームを巻き起こした。

当時のスターはテレビドラマ『傷だらけの天使』の萩原健一《はぎわらけんいち》と『探偵物語』の松田優作《まつだゆうさく》だった。松田優作は村川透《むらかわとおる》監督と組んだ『最も危険な遊戯』などハードボイルドアクション映画にも主演していて、二番館の定番になっていたがぼくはちょっと苦手だった。この俳優の魅力を理解したのは、工藤栄一《くどうえいいち》監督の『ヨコハマBJブルース』と鈴木清順《すずきせいじゅん》監督の『陽炎座《かげろうざ》』を観てからだ。それ以外では、石井聰亙《いしいそうご》（現在は石井岳龍《がくりゅう》）監督が暴走族の抗争を描いた『狂い咲きサンダーロード』に衝撃を受けた。

つき合っていた女の子が大学の劇団に所属していたこともあって、たまに演劇も観にいった。つかこうへいの人気が爆発する直前で、「熱海《あたみ》殺人事件」や「初級革命講座飛龍伝」が懐かしい。唐十郎《からじゅうろう》も全盛期で、高層ビルが建つ前の新宿西口の広大な空き地（かつての淀橋《よどばし》浄水場）に巨大な赤テントが張られた。

高校時代にジョン・コルトレーンを知ってからジャズ評論の雑誌を読むようになり、地元にはジャズ喫茶がなくずっと憧れていた。東京に出てきて、エリック・ドルフィーやアルバート・アイラーのフリー・ジャズがかかる店を見つけて通いつめるようになった。最初にアパートを借りた中央線の西荻窪《にしおぎくぼ》には「アケタの店」というライブハウスがあって、サックスの坂田明《さかたあきら》、ピアノの山下洋輔《やましたようすけ》、梅津和時《うめづかずとき》率いる生活向上委員会などが出ていた。梅津はのちにRCサクセションの忌野清志郎《いまわのきよしろう》との競演でも話題になる。RCサクセションは「雨あがりの夜空に」がヒットした頃で、ライブを観たのは大学の公演だった気がするのだけど定かではない。

七〇年代末を象徴する曲というと、なんといってもイーグルスの「ホテル・カリフォルニア」だ。サークルの隣の部室から、佐野元春《さのもとはる》の「ガラスのジェネレーション」が繰り返しかかっていたのも覚えている。

一九七九年四月にはボブ・マーリーが来日し、東京と大阪で「奇跡の公演」を行なっている。理由は忘れてしまったが、ぼくはずっと楽しみにしていたこの公演を見逃してしまった。いまでもいちばんの後悔だ。

少女マンガを知ったのも大学時代だ。それまでずっとバカにしていたのだが、サークルの先輩から大島弓子《おおしまゆみこ》の『F式蘭丸《らんまる》』を教えられてから夢中になった。「F式」は「フロイト式」のことで、少女マンガが現代思想を扱うなんて思ってもいなかったのだ。萩尾望都《はぎおもと》の『ポーの一族』や竹宮惠子《たけみやけいこ》の『風と木の詩《うた》』もちょうどこの頃で、まったく新しい表現分野が開花する瞬間に遭遇できた。少年マンガでは『少年チャンピオン』に連載されていた鴨川《かもがわ》つばめの「マカロニほうれん荘」が大好きだったのだが、じょじょに作品が荒れて連載は終了してしまった。

大学の四年間はジャズ喫茶と、映画館と、サークルの部室と、雀荘でほぼ過ごしていて、試験以外に授業に顔を出したのは数回だった。ぼくにとって幸運だったのは、一九七九年十二月にソ連がアフガニスタンに侵攻したことだった。これにアメリカが反発して、日本やヨーロッパの西側諸国は翌年のモスクワオリンピックをボイコットすることを決めた。

その頃、同級生の女の子から、ロシア文学の教授がぼくのことを捜していると教えてもらった。なんだろうと思って研究室に行くと、教授は「専攻をどこにするか決めたのか」と訊く。当時は、入学後に語学を選んで、三年から各専攻に分かれることになっていた。「もしまだなら露文はどうだ」

「そんなの無理ですよ」ぼくは驚いた。「二年もやって、ロシア語をひとこともしゃべれないんですよ」

「そんなことはわかってるよ」教授はまったく動じなかった。「いままでたくさんの学生を見てきたけど、君みたいなのはたいていダメになって中退していくんだ。でも露文にきてくれたら、ぼくが責任をもって卒業させてあげるよ」

教授は、日本とソ連の関係が悪化し、ロシア文学を専攻する学生が減ると、自分や後輩たちの職が危うくなると心配していたのだ。

「先生、それ、ほんとですね」

「もちろんだよ」

ということで話がまとまって、ぼくは露文に進むことになった。そして約束どおり、授業にいちども出なくても単位をもらい、卒論も無事に通った（驚いたことに教授は、ぼくの卒論を気に入って、ロシア文学の大学院にこないかと誘ってくれた。もちろん断ったけど）。

このように書くとその教授がいいかげんなひとのように思うかもしれないが、ロシア革命後のアヴァンギャルド文学の専門家で、詩人ウラジーミル・マヤコフスキーについての素晴らしい本を書いている。ロシア革命を熱烈に支持し、ソ連初期に活躍した自由闊達《かったつ》な詩人は、ことあるごとに抑圧的な体制とぶつかり批判されるようになり、精神的にも不安定になって三十六歳で拳銃自殺した。ぼくを卒業させてくれた教授は、二〇〇九年に惜しくも七十二歳で亡くなっている。

篠原くんも同じような「勧誘」を受けて露文に進んだが、彼はぼく以上に大学にこず、他の教科の単位を取るのに失敗して留年することになった。大学四年の夏を過ぎてみんなが就職活動でざわつく頃には、篠原くんの姿をキャンパスで見かけることもなくなった。

その就職だが、ここではぼくに不運が待っていた。それはやはり、ソ連がアフガニスタンに侵攻したことだった。西側諸国の制裁措置で日ソの経済活動が大きく停滞したことで、ソ連とビジネスしていた貿易商社や旅行会社が軒並み新卒採用を中止したのだ。

ぼくは「働く」というのがどういうことかまったくわかっていなくて、それにもかかわらず四年で卒業するつもりでいた。そこで夏になると（当時は大学生の就活は九月一日が解禁だった）、大学の就職相談室に行ってみた。担当のひとは相談票の学部と専攻に目をやると、「ふつうの方法でまともな会社に入るのは無理だから、ご両親に相談してみなさい」といった。そのひと言で、「相談」は終わった。

地方銀行の支店長をしていた父親にいちおうその話をすると、「なんの仕事をしてもいいけど、地元には帰ってくるな」といわれた。こちらもそのつもりだったからべつによかったが、子どものことにはほとんど関心をもたないひとだった（それでもちゃんと学費と生活費を出してくれたから感謝している）。

こうしてぼくは、なにもしないうちから就職活動を放棄してしまった。もっともそこで頑張ってみたところで、結果は就職相談室のひとのいうとおりだった。ぼくよりずっと成績がよかった同級生たちは受けた会社を片っ端から落とされ、ようやく見つけたのはコピー機の営業のような仕事だった。

当時住んでいた中央線の駅の近くに洒落《しゃれ》た喫茶店があって、大学二年の頃からそこでウエイターをしていた。ぼく以外はみんな大人で（といっても二十代半ばだが）、大学生ということでちやほやしてもらったこともあって、漠然と、卒業してもこのままずっとウエイターをやればいいと考えていた。

そんなふうに投げやりになったのは、じつはもうひとつ理由がある。

当時、ロシア文学科があるのは東京大学文学部と北海道大学文学部（ここは地政学的な理由で歴史的にロシア＝ソ連研究が盛んなのだ）、あとは東京外国語大学でロシア語を教えているくらいで、私立は早稲田大学だけだった。ぼくは高校時代から落ちこぼれで、似たような大学に入るのになぜ七教科も八教科も勉強しなければならないのかわからなかったから、いちばん楽な私立文系のコースにさっさと鞍替《くらが》えしていた。そうなるともう国立は受けられないから、志望先がひとつだけになってしまったのだ。

しかしさすがに一学部しか受験しないというのは不安なので、試験に慣れるためすこし早く上京してほかの学部も受けてみた。世間知らずのぼくは、それまで予備校の模擬試験の類も受けたことがなければ、東京に来たこともなかった。

当時の大学受験というのはいまとはだいぶちがっていて、田舎から上京してきた受験生は旅館の大広間に押し込められて集団生活していた。そこには三浪、四浪している牢名主《ろうなぬし》みたいなひとがいて、右も左もわからない現役生をつかまえては「社会勉強」と称してパチンコに連れ出していた。ぼくがはじめてパチンコで大勝ちしたのはこのときで（といっても一万円くらいだが）、高田馬場裏の居酒屋で牢名主たちと飲み騒いだ。二日酔いのまま試験を受けにいったら、それが功を奏したのかなぜか合格していた。

その頃、東京に大手商社の子会社の社長をしている伯父さんがいた。その前は本社で人事部長をしていたからかなり偉いひとだったのだが、ぼくは「人事」がなんの仕事かすら知らなかった。

合格発表があると、その伯父さんの自宅に呼ばれて、「人生を棒に振るようなことはするな」とこんこんと説教された。文学部では就職のときに大きなハンディになる。法学部ならどんな会社にも入れるし、もし希望するなら親会社（五大総合商社のひとつ）に入れてあげてもいいというのだ。

でもぼくは、その親切なアドバイスをバカバカしいと一蹴した。自分には〝夢〟があったし、なんで法律なんかを勉強しなければならないのかさっぱり理解できなかったからだ（その後、法律が大事だとわかるまで一〇年以上かかった）。

ところが就職活動の時期を迎えると、まさに伯父さんがいったとおりのことが起きた――ほとんどの場合、大人のいうことは正しいのだ。でもぼくは、自分の過ちを認めることができなかった。

ゴーゴリの『外套《がいとう》』やドストエフスキーの『地下生活者の手記』の強い影響下で形成されたぼくの奇怪な世界観では、世の中の真実は社会の底辺にあり、大企業のエリートは〝ほんとうのこと〟などなにも知らずに、平凡に働き平凡な結婚をし、平凡な家庭で平凡な子どもを育て、平凡に死んでいくだけのつまらない小市民だった。

「他人《ひと》とはちがう」というのは傲慢さの裏返しであり、世間から半分落ちこぼれた自分を正当化する言い訳でもある。そのくらいのことはさすがに気づいていたが、それでも自分は別だという確信は揺らがなかった。サラリーマンや公務員やオヤジやオバさんなどから構成される「ふつうの」ひとたちは、善意に溢れ、なんの悪気もなく、ぼくに対して水飲み場の蛇口を指定するのだ。

このようにして、自意識ばかりが肥大し、現実を直視できず、世の中はみんなバカばかりだと思っているバカのまま、大学四年の冬休みに入った。級友たちはみんな就職先が決まっていたが、ぼくはあいかわらずバイト生活をつづけていた。

君自身が君をしばりつけている権力なんだ

「君みたいに勉強する気のない奴《やつ》は、ロシア語サークルに入るしかないよ」と田村くんはいった。大学に入学して三カ月ほどたったときで、同じロシア語クラスだった田村くんはサークルの勧誘をしていたのだ。

「なんで？　満足に辞書も引けないのに、いまさら無駄だよ」不思議に思って訊くと、「卒業するつもりなんだろ」という。

ぼくがうなずくと、田村くんは説得をつづけた。「ロシア語のサークルといっても、語学の勉強をするわけじゃないんだ。辞書も引けないような学生でもロシア語の単位を取れるように助けてあげるんだよ」

なるほど、それはいい話だと思って、田村くんに部室まで案内してもらうことにした。田村くんは筋ジストロフィーを患っていて、当時は松葉杖《まつばづえ》を使って歩いていた（その後、大学院に進むことになるが、その頃には車椅子になっていた）。

田村くんは障がい者扱いされることを断固として拒否していたので、ぼくたちは文学部のキャンパスから大隈《おおくま》講堂裏までかなりの時間をかけて歩いた。そこにはバラックのような貧相な建物が並んでいて、ふたつの劇団といくつかのサークルが入っていた。

長机と椅子が数脚置かれただけの狭い部室には古いサモワール（金属製の給茶器でロシアの小説には頻繁に登場する）が置かれ、奥に銀縁眼鏡をかけた年長の男性が座っていた。サークルのOBでいまは大学院の助手をしているというそのひとは、「ここは新しい社会科学に興味をもっている学生がともに学ぶための場所です」といった。

「新しい社会科学」というのは、フェルディナン・ド・ソシュールやローマン・ヤコブソンの言語論、ミハイル・バフチンの文学理論、それを発展させたクロード・レヴィ＝ストロースの構造人類学、ミシェル・フーコーなどの構造主義のことだと説明された。ぼくはそのなかの誰一人として知らなかったので、ただ呆然《ぼうぜん》と話を聞いていた。

そのサークルには文学部だけではなく、政経学部や法学部などからも何人かの上級生が参加していた。みんな独特の斜に構えたような雰囲気をもっていて、フランスを中心にいまや知の世界で巨大な地殻変動が起きているという難しげな話をしていた。それが八〇年代にポストモダン哲学として一世を風靡《ふうび》することになるのだが、当時（一九七八年）は『現代思想』や『エピステーメー』などの雑誌を読む一部の（いまでいう〝おたくっぽい〟）学生のあいだでしか知られていなかった。

彼らの話にぼくはたちまち魅了された。「最先端の思想」というのは、なんだかよくわからないけれど、ものすごくカッコいいことに思えたのだ。

こうしてぼくは、「ロシア語でドストエフスキーを読む」という夢をさっさと捨てて、ポストモダン（ポモ）に乗り換えた。なかでも夢中になったのはフーコーで、発売されたばかりの『監獄の誕生』をよくわからないながらも線を引きながら読んだ。ついでにマルクスとかヘーゲルとかもちょっとかじって、どんなことをいっているかくらいはわかるようになった。――ぼくの書いたものを読むと、その頃の影響（ポモっぽい匂い）が残っていることに気づくひともいるだろう。


フーコーの二度目の来日が一九七八年四月で、東京大学での講演を中心に雑誌『現代思想』六月号で特集が組まれた。ぼくは発売日に大学の生協でそれを手に入れて、西荻窪のアパートに帰る電車の中で読み出した。十九歳の初夏のことだ。

阿佐ケ谷《あさがや》あたりだと思うけど、いきなりうしろから誰かにどつかれて、思わず振り返った。でも、そこには誰もいなかった。その衝撃は、頭の中からやってきたのだ。

フーコーはそこで「牧人＝司祭体制」の話をしていた。牧人というのは羊飼いのことだ。

羊飼いは羊を管理しているけど、彼の仕事は餌や水を与え、できるだけ多くの子羊を産ませることだ。牧人は羊に対して絶対的な権力を行使するが、その目的は弾圧や搾取ではなく健康と繁殖の管理、すなわち羊の幸福なのだ。

この新しい権力は、牧人であると同時に司祭でもある。

カトリックの告解は、司祭に罪の告白をし、神の許しを乞うことだ。でもこれは、信徒が自らの魂を神の前にさらすことではない。信徒にはもともと魂（内面）などなく、司祭の導きと告解の儀式によって、キリスト教の教えにぴったりの魂がつくられていくのだ――。

ぼくはそれまで、「権力」というのは自分の外（警察とか軍隊とか政治とか）にあって、自由を抑圧しているのだと素朴に信じていた。でもフーコーは、そんなのはすべてデタラメだという。

「権力は君のなかにある。君自身が君をしばりつけている権力なんだ」

これはまさに権力観のコペルニクス的転回で、あまりの驚きでうしろから殴られたように感じたのだ。

こうしたポモの思想は、強烈な選民意識を呼び起こした。真面目に授業に出ている学生も、「世界同時革命」とか叫んでいる新左翼の学生も、ものすごくバカに見えるのだ。――こうした選民思想の持ち主は、八〇年代に「新人類」と呼ばれるようになる。

いまにして思えば、ぼくがポモに夢中になったのは、自分がなにものでもないという現実から目を逸《そ》らすためだった。「真理」を独占しているという感覚は、ものすごく気分がいいのだ。とはいえ、ポモによれば真理などどこにもなく、あるのは無限の差異の連鎖だけ、ということになるのだけど。

ちなみに、その頃のキャンパスにはポモとならんで「精神世界系」と呼ばれる一群の若者たちがいて、インドのアシュラム（ヨーガ道場）やチベットの密教について熱く議論していた。ぼくもいちど誘われたことがあるが、まったく話が合わず早々に退散した。彼らは、なにか超越的なちからによって〝自分を超える〟ことを求めていたが、ぼくはそんなことを考えたこともなかったのだ。

その後一五年近くを経て彼らと「再会」することになるのだが、それについてはあとでまた語ることになるだろう。

君がなんにもできないことくらい、みんなわかってるんだからさ

大学四年生の頃、ぼくは荻窪のボロい木造アパートに住んでいた。交通量の多い五叉路《ごさろ》の交差点で、夜になるとガラス窓が青、黄、赤の三色に染まった。

近くを環八（環状八号線）が走っていて、そこに日本ではじめてドライブスルーを併設したマクドナルドの大きな店舗があった。

その年の秋から、ぼくはそこで掃除兼夜警のアルバイトをしていた。夜の一一時から翌朝六時まで、二人一組で厨房や客席、駐車場などを清掃しながら、暴走族のたまり場にならないように管理するのが仕事だ。近所で時給が高く、どうせ昼夜逆転の生活なのだから、一石二鳥だと思ったのだ。

いまもむかしも、マクドナルドといえば〝青春のアルバイト〟の定番だ。更衣室にはバイト仲間の交換ノートが置かれ、高校生や大学生の女の子たちが丸文字でお互いの近況を報告しあっていた。壁には合コンの予定やテニス大会の案内がびっしりと貼ってあった。その華やかな世界は、ぼくたちにはまったく縁がなかった。ドブネズミのような夜間清掃人は、太陽の国の住人からは仲間だと思われていなかったのだ。

マクドナルドの仕事は激務で、店長は夜中の一時過ぎまでその日の帳簿をつけていた。その同じ店長が、朝の六時に鍵を受け取りに来るのだから、いったいいつ寝ているのだろうと不思議だった。

ある日、深夜三時頃に真っ赤なフェアレディZが駐車場に滑り込んできた。掃除の相棒がそれを見て、「あっ、カネコさんだ。カッコいいなあ」と感嘆の声をあげた（日産のフェアレディZは、その当時、圧倒的な人気を誇ったスポーツカーだ）。カネコさんはスーパーバイザーで、担当地域の店舗を管理し、店長を教育する立場だった。

革ジャンにジーンズという軽装のカネコさんは、片手をあげて「ようっ」と挨拶すると、店内をざっと見渡した。革のブーツはぴかぴかに磨きあげられていて、文字盤がいくつもついた黄金色の時計をしていた。

いまの若いひとには信じられないかもしれないが、その頃のマクドナルドは外資系企業の花形だった。社長の藤田《ふじた》田《でん》は日本にファストフードのフランチャイズビジネスを持ち込んだ立志伝中の人物で、『ユダヤの商法』などのベストセラーで合理的経営の重要性を説いた。ソフトバンクの孫正義《そんまさよし》社長が高校を中退してアメリカ留学を決意したとき、教えを請いに強引に藤田に面会を求めたことはよく知られている。無名の若者のために一五分だけ時間をとった藤田は、「これからはコンピュータビジネスの時代だ。俺がお前の年齢だったら、コンピュータをやる」とアドバイスしたという。まだ一九七〇年代はじめの話だ。

その藤田田に率いられた日本マクドナルドは、高収益と高賃金、そして激務で知られていた。

帳簿を点検するカネコさんのテーブルに紙コップのコーラを持っていった相棒は、「あのひと、スゴいんだよ」と興奮気味に語った。「最年少のスーパーバイザーで、ものすごく仕事ができて、大金を稼いでるんだよ」

店長より上位のスーパーバイザーは、アルバイトにとっては神さまのような存在だ。カネコさんは三〇歳前後で、青山か六本木の豪華なマンションに住み、年収は一〇〇〇万円だと噂《うわさ》されていた。風呂なし共同トイレのぼくから見れば、想像を絶する身分だ。

そのカネコさんと、いちどだけ話したことがある。十二月の終わりで、正月のシフトを確認するために店に呼ばれたのだ。年末年始は学生バイトが減るためやりくりが大変で、その代わり時給も高くなった。ぼくはなんの予定もなかったので、おカネを稼ぐ格好の機会だった。

たまたま店に来ていたカネコさんが、ぼくの履歴書を見て、「君、就職は？」と訊いた。就活の時期はとっくに終わっていたから、「なんの当てもないけど、卒業だけはするつもりです」とこたえた。

カネコさんは首をかしげてしばらく考えていたが、「うちに来る気はない？」といった。

「特別に推薦してあげるよ」

ぼくはびっくりした。当時のマクドナルドは野心のある学生に人気の就職先だったし、それ以前に今年の採用はすでに終わっているはずだった。

「そんなのなんとでもなるんだよ」カネコさんは、真っ白な歯を見せて笑った。「君みたいな世間知らずが、あんがい伸びるんだよ」

その話はけっきょくお断りしたのだけど(店長やカネコさんの仕事ぶりがあまりにハードでビビったのだ)、カネコさんは嫌な顔ひとつせず、「とにかくスーツを買いなよ」とアドバイスしてくれた。

「新聞の求人欄を見て面白そうな仕事があったら、面接に行って〝一生懸命働きます〟っていうんだよ。君がなんにもできないことくらい、みんなわかってるんだからさ」

年明けからぼくはそのとおりのことをして、新橋にある小さな出版社に職を見つけた。

1982
ブルージーンズ
メモリー

「これじゃヤバイ」とはじめて思った

大学をなんとか卒業したぼくは、カネコさんのアドバイスのおかげで、社員一〇人ほどの小さな出版社に就職することができた。

社長の村田さんは会社をつくってはつぶしてきた白髪の紳士で、それ以外の社員はみんな若く、二人の編集長は二十代後半だった。ぼくが採用されたのは、たんに彼らと大学が同じだったからだ。

村田社長は、社員名簿や同窓会名簿からＰＴＡの名簿まで、ありとあらゆる名簿を集めていた。その個人情報を通信販売の業者に販売するのだ。編集長の佐藤さんは、代理店ビジネスの情報誌をつくっていた。もうひとりの編集長の赤川さんは小太りの体型にもじゃもじゃのアフロヘア、ラフなジャケットを着て、とってつけたようなニットのネクタイをしていた。「自分はなんでも知っている」という自信たっぷりでぞんざいな話し方をしたが、肩書きだけあってまだ雑誌がなかった。――あとでわかったのだが、赤川さんの奥さんがまず総務・経理兼任で採用され、そのコネで「編集長」として潜り込んだのだった。

当時の零細出版社は、落ちこぼれたエリートの吹き溜《だ》まりみたいなところだった。ぼくといっしょに入社した森くんは早稲田《わせだ》の社会科学部で、赤川さんの同級生だった谷本さんは社会学の修士号をもっていた。あとから中途入社で女の子が入ってくるのだが、彼女は九州大学を出て上京しフリーターをしていた。松岡正剛《まつおかせいごう》率いる工作舎の雑誌『遊《ゆう》』の編集部にいたが、まったく食べられないので、新聞でたまたま見つけた募集広告に応募してきたのだ。

その年に突如、「ノーパン喫茶」という奇妙な風俗の大ブームが起きた。ミニスカートにノーパン、タイツ姿のウェイトレスが鏡張りの床の上を歩いてコーヒーを運んでくるという、いま考えればどこが面白いのかわからない趣向だが、コーヒーをテーブルに置くためにウェイトレスが腰をかがめた瞬間にあそこが見えるか見えないかが大問題だった。新橋にもノーパン喫茶ができて、赤川さんはぼくたちを連れてさっそく出かけた。

その年のもうひとつの大問題は、開業が翌年に迫った東京ディズニーランドが飲食物の持ち込みを禁止したことだった。その頃は弁当持参で行楽に出かけるのが当たり前だったから、「弁当を持っていけない遊園地なんか日本で成功するはずがない」とはげしい論争になったのだ。

会社は新橋駅の烏森口《からすもり》から歩いて五分ほどのところにある雑居ビルの二階にあった。ある日の夕方、隣にある料理屋に、有名なカメラマンと沖縄出身の人気歌手だった奥さんが入っていくのを見てびっくりした。その店はのちに、東京でいちばん有名な京料理の店になった。

その会社に入ってすぐに、ビジネス雑誌の広告取りをさせられた。ぼくは広告がなんなのかぜんぜんわかっていなくて、儲《もう》かった会社が趣味でお金を出すんだろうと思っていた。会社も無知な新入社員を教育する余裕はなく、三〇分ほど話し方教室のような訓練を受けて、似たような雑誌に広告を出している会社のリストを渡されて、あとは自分でなんとかしろと放り出された。

ぼくが訪ねたのは水道橋の雑居ビルにある小さな会社で、健康食品の代理店ビジネスをやっていた。応対してくれたのは専務の肩書きを持つ、妙に腰の低い気の弱そうなおじさんだった。

ぼくが暗記したての営業トーク（雑誌の部数は一〇倍くらいに水増しされていた）をしゃべると、驚いたことにそのおじさんはものすごく感心してくれて、いちばん大きな広告を出したい、といった。それはかなりの金額で、その話を報告すると会社じゅうが大騒ぎになった。

そのあとぼくは専務と二回ほど打合せをして、広告の内容や掲載時期などの細かな点を詰めた。あとは社長に直接説明して、了承をもらえばいいという話になった。

やたら暑い日だった。ぼくは社長に会うために水道橋の会社を訪ねた。専務からは、たんなる挨拶みたいなものだといわれていた。

はじめて会う社長は、でっぷりと太った、ちょっとくずれた感じのひとだった。ネクタイを緩め、股を大きく開いてぼくの前に座ると、ちらっと名刺を眺め、ぶっきらぼうに「で、なんの話？」といった。

ぼくは雑誌を取り出して、いちから説明を始めた。隣で専務のおじさんが、青ざめた顔で座っていた。社長はほとんど表情を変えず、汗の浮き出た赤ら顔を扇子で扇《あお》ぎながら、退屈そうにぼくの話を聞いていた。

ひととおり説明が終わると、社長は豆粒みたいな目をぼくに向けて、「その広告、なんの役に立つんだ？」と訊いた。

ぼくは慌てた。広告が役に立つかどうかなんて、誰からも教えてもらっていなかったからだ。しどろもどろでなにか話して、言葉が途切れたときだった。「歯医者の予約、どうなってるかなあ」隣にいる専務に、社長が声をかけた。「ちょっと電話して、予約入れてくれよ。歯が痛えんだよ」

雑居ビルを出ると、近くの公衆電話から会社に電話をした。広告部長（やはり早稲田出身の、二十代後半のおとなしいひとだった）は話を聞くと、「よくあることだよ。気にするなよ」と慰めてくれた。

受話器を置くと、しばらくその場に立ち尽くしていた。社長の理不尽な態度に傷ついたこともある。みんなの期待を裏切って申し訳ない、とも思った。でもいちばんショックだったのは、いったいなにが起きたのか見当もつかないことだった。

山手線を降りると、昼下がりの新橋駅前はサラリーマンで溢れていた。このひとたちにはみんな自分の仕事があるんだと、そのとき思った。それにひきかえぼくは、世の中の仕組みをなにひとつ知らず、自分がなにをやっているのかもわからずに、炎天下をひたすら這《は》いずり回って、物乞いのように追い返されているのだ。

そのときまでぼくは、会社というのは定時に出社し、いわれたとおりにやっていると自動的に給料を払ってくれるボランティア団体みたいなものだと思っていた。喫茶店のウエイターとマクドナルドの掃除のアルバイトだけで、「ビジネス」の経験はまったくなかった。

編集長にどう説明しようかと考えながら会社に戻る道すがら、「これじゃヤバイ」とはじめて思った。

権力がどんなものか、ほんのすこしだけ理解した

大学を卒業したものの、なにをするあてもなく、新橋にある小さな出版社で働いていた。編集長の赤川さんは世界を放浪した元バックパッカーで、日本に戻ってから見よう見真似で雑誌づくりを始めた。赤川さんの部下はなにも知らないぼくと、もっとなにも知らない女の子が一人だった。

ある日赤川さんが、海外の宝くじを日本で買える、という話を聞きつけてきた。面白そうなので雑誌に載せたら、ものすごい反響があった。当時はまだジャンボ宝くじやロトシックスなどない時代で、一等賞金が数億円を超える北米やヨーロッパの宝くじはとても珍しかったのだ。

ビジネスチャンスを嗅ぎつけた赤川さんは、一人で飛行機に飛び乗って、ドイツの宝くじ会社と海外販売の独占契約を結んできた。ぼくたちの仕事は、赤川さんが持ち帰った大量のドイツ語の資料から宝くじの仕組みや買い方、当せん金の受け取り方をマニュアルにすることだった。ドイツ語はまったく知らなかったけれど、文法が英語と似ているので、辞書を引けば宝くじの説明くらいはなんとか理解できるのだ。

日本ではじめての海外宝くじ専門誌ができると、スポーツ新聞に大きな広告を出した。その日の朝から、雑誌の定期購読を求める電話が鳴り止まなくなった。赤川さんは、海外宝くじの購入代行を商売にしようと思いついたのだ。

そのとき考えたビジネスの仕組みは、ものすごく単純だった。

雑誌の記事を読んで海外宝くじを購入したいと思った読者は、現金書留にお金とくじ数を書いた紙を入れて出版社に送る。総数がまとまるとお金を西ドイツに送金して、くじの現物を送ってもらう。それを購入者リストにもとづいて読者に配るのだ。

赤川さんは商才のあるひとで、「手数料は取らない」と決めた。宝くじが一本三〇〇円なら、一〇〇本買って三万円でなければ読者は納得しないというのだ。だったらどこで利益を出すかというと、円とマルク（当時の西ドイツの通貨）の両替手数料に上乗せするのだ。

のちにぼくは海外投資に興味をもってマネーロンダリングの本とかを書くようになるのだが、当時は為替のことなどまったく知らなかった。バックパッカー経験のある赤川さんは、通貨を両替するときにいつも高額の手数料を取られることに気づいていた。為替取引にはTTS（外貨購入レート）とTTB（円への買戻しレート）があり、その差（スプレッド）が銀行や両替商の利益になっているのだが、マルクの相場を知っているひとなどほとんどいなかったから、宝くじ代金に大きなスプレッドを乗せても誰も気にしなかったのだ。

とはいえ、あくどい商売をしていたというわけではない。西ドイツから宝くじの当せん番号が郵便で届くと（当時は電子メールはもちろんＦＡＸもなかった）、それを誌面に掲載する。読者は手元にある宝くじとその番号を照合して、当たっていたらくじ券を出版社に郵送する。ぼくたちは海外郵便で当たりくじの現物を西ドイツの宝くじ会社に送り、当せん金が会社の口座に振り込まれると、それを読者に現金書留や銀行振込で支払うのだ。すべての手間を考えれば（とはいえ当せん者はほとんどいなかったが）、手数料が多少高くてもぼったくりとはいえないだろう。

日本ではじめての海外宝くじ専門誌が出てから一週間、問合せの電話の応対でほかの仕事はまったく手がつかなかった。やがて現金書留が続々と送られてきて、会社の金庫から溢れたので、応接室のテーブルの上にダンボールを並べ、そこに片っ端から突っ込んでいた。

ある日の夕方、さすがにこのままではマズいという話になって、社員全員が応接室に集まって、書留封筒を開封し金額と注文内容を整理していった（パソコンなんてなかったからすべて手書きだ）。

夜になっても作業は終わらず、近くのそば屋から出前をとってみんなで食べた。一一時過ぎにようやく作業が一段落すると、テーブルの上には一万円札の巨大な山ができていた。

誰もこれまでそんな大金を見たことがなかったから、室内はちょっと異様な雰囲気になった。「これをこのまま持って逃げたらどうなるかなあ」赤川さんが冗談をいったけれど、引きつった笑いしか返ってこなかった。

お金ってこんなに簡単に儲かるんだ、と不思議な気がした。自分たちが宝くじを当てたような気分で、ちょっとだけ幸福な気分になって家路についた。

それから数カ月後、大蔵省（いまの財務省）から電話があった。スポーツ新聞に載せた広告について聞きたいことがあるから、いちど来てくれないかという話だった（その広告はぼくがつくったものだった）。

その翌日、赤川さんと二人で大蔵省を訪ねた。建物の雰囲気はいまとまったく同じで、アーチ型の正門を入ると受付があり、その奥に薄暗い長い廊下が続いていた。

五十がらみの白髪の職員が迎えにきて、ぼくたちを廊下の端にある小さな部屋まで案内してくれた。

窓際に古い机があって、三つ揃《ぞろ》いの背広を着た若い男性が静かに書類を読んでいた。職員は、自分の息子のような年齢の男性に深々と礼をすると、耳元でなにごとか囁《ささや》いた。

男性は書類から目を上げ、すこし驚いたような顔をした。ぼくたちはスーツこそ着ていたものの、ヒッピーと学生バイトにしか見えなかった。ぼくも大蔵官僚があまりに若いのでびっくりしたけれど、これはキャリア制度を知らなかったからだ。

男性は、机の前に置かれたパイプ椅子をぼくたちに勧め、自分の名刺に日付と相手の名前を書いて編集長に渡した。名刺を悪用されないための用心なのだけど、そんなことをするひとを見たことがなかったので、ぼくはまたびっくりした。

男性はとても丁重に、ぼくがつくった広告に事実と異なる文言が含まれていることを指摘した。なにかの雑誌に海外宝くじブームが紹介されていて、そのなかに「日本で海外の宝くじを買うことは合法で、そのことは日銀も認めている」というような記述があった。ぼくはそれを読んでそのまま広告に使ったのだけれど、それが問題にされたのだ。

なぜ日銀の話に大蔵省が出てくるかというと、当時は中央銀行に独立性がなく、日銀は大蔵省の子会社みたいなものだったからだ（もちろん、そんなこともぜんぜん知らなかった）。

若い大蔵官僚は丁寧な口調で、日銀の仕事と宝くじはなんの関係もないことを説明すると、今後、広告にこうした文面を使わないでほしい、といった。それからちょっと言葉を切って、「これはわたしの所管ではないのですが」とこちらを見た。「富くじ法という法律があることはご存知ですか？」

「ぜんぜん知りません」と、赤川さんはこたえた。

男性はかすかに微笑《ほほえ》むと、日本では法律で定められた者以外は宝くじの販売、取次をしてはいけないのだと教えてくれた。ぼくたちの商売は、この法律に違反するおそれがあるのだという。

「今回の件は私の方で処理しておきますが、面倒なことにならないようお気をつけください」

別れ際に、男性はさわやかな笑顔でそういった。

大蔵省の正門を出ると、赤川さんはハンカチで額の汗を何度もぬぐい、「ヤバいなあ」「君、ヤバいよ、これは」と繰り返した。

はかない夢は終わり、ぼくは権力がどんなものか、ほんのすこしだけ理解した。

仕事に必要なことは、すべて印刷所の営業のひとが教えてくれた

大蔵省に呼び出されてからも、赤川さんは弁護士に相談するなどしてなんとか海外宝くじの購入代行をつづけようと苦心していたが、誰に訊いても「大蔵省がそういってるなら無理だ」とのこたえが返ってくるだけだった。当時、大蔵省の権力はものすごく大きかったのだ。せっかく部数も売上も伸び、週刊誌やスポーツ紙にも紹介され、順風満帆に見えたのに、突然、未来は暗転してしまった。――驚いたことに、それでも赤川さんはこのビジネスを諦めていなかったのだが、その話はまたあとでしよう。

海外宝くじの企画がなくなると、ぼくの仕事もいっしょになくなってしまった。その会社には雑誌が二つしかなく、ひとつは例の代理店ビジネス誌で、編集者は広告営業も兼務していたが、どう考えてもぼくに営業の才能はなかった。それで、入社してまだ一年しか経っていなかったが辞めることにした。

小さな会社にいるメリットは、最初から仕事を任されることだ。赤川さんはアイデアと行動力はあるものの実務能力はからっきしで、すべて丸投げだった。

しかたがないので自分で記事を書き、見よう見真似でレイアウトし、印刷所に入稿した。仕事に必要なことは、すべて印刷所の営業のひとに教えてもらった。

当時は活版から写植への切り替えの時期で、文字を印画紙に焼いて、それで印刷用の版下をつくった。会社から歩いて一〇分ほどの、虎ノ門交差点近くの雑居ビルに職人気質の写植屋さんがいて、急ぎの仕事はそこに頼んでいた。誤植などの修正をいちいち印刷所に戻していては間に合わないので、写植の文字だけつくってもらって、カッターとボンドで自分で直すのだ。

写植屋さんは無口でこわそうなおじさんだったけれど、あるとき映画の話で盛り上がって仲良くなった。おじさんは古い西部劇をよく見ていて、大学時代、ぼくはヒマだったので三本立ての安い映画館に通っていた。ぼくがクリント・イーストウッドやジュリアーノ・ジェンマの出てくるマカロニ・ウェスタンの話をすると、せめてジョン・フォードを観なさいと教えてくれた。印刷に使う文字や組み方の知識は、すべてそのおじさんから学んだ。

スポーツ新聞に掲載する広告をつくるのもぼくの仕事だった。といっても、もちろんそんな経験はないから、広告代理店のひとにコピーとはなにか、ということから教えてもらった。彼らにしても、あぶなっかしくてとても見ていられなかったのだろう。締め切りに間に合わなくて日曜の夜中に広告の版下をつくっていると、「たまたま近くに寄ったから」と寿司の折り詰めを持ってきてくれたこともある。

いま思うと、その頃は年上の者が若者に仕事を伝承する気風が残っていた。偏屈でとっつきにくいひとほど、勇気を出してわからないことを訊くとものすごく親切に教えてくれた。そんなひとたちのお陰で、記事やレイアウト、印刷所への発注から広告制作まで、雑誌づくりに必要な最低限のことはなんとかできるようになった。

そこで、ぼくは考えた。だったらどこに会社勤めをする理由があるの？

ジャイアント馬場　哀愁の土曜五時三〇分

八〇年代は、田中康夫《たなかやすお》の『なんとなく、クリスタル』で幕を開けた。東京の女子大生兼ファッションモデルを主人公にしたこの小説の新しさは、なんといっても膨大な註《ちゅう》によってファッションやグルメなどの新しい風俗を描いたことだ。当時は「ブランド小説」などと呼ばれたが、その先見性は大衆消費社会の本質が「キーワード」だと見抜いたことだろう。平凡な女の子（『なんクリ』の主人公はなにか特別な才能があるわけではない）でも、キーワードを上手に組み合わせれば時代の最先端に立つことができる。そうやってできるだけ多くの「評判」を獲得しようとするゲームは、SNS全盛のいまでもなにも変わっていない。

音楽では、同じ一九八〇年に沢田研二《さわだけんじ》が「TOKIO」をヒットさせている。作詞：糸井《いとい》重里《しげさと》、作曲：加瀬邦彦《かせくにひこ》で、未来都市・東京の誕生を宣言した。その前年にはアメリカの社会学者エズラ・ヴォーゲルによる『ジャパン・アズ・ナンバーワン』がベストセラーになった。欧米先進国がどこも不況で苦しむなかで日本だけが高度経済成長をつづけている秘密をさぐった本で、「敗戦」を引きずった日本人の自己イメージを大きく変えるきっかけになった。

とはいえ、その当時のぼくがこんなふうに時代を理解していたということはぜんぜんない。

新橋の零細出版社で働きながら、あいかわらず新宿のジャズ喫茶や歌舞伎町の映画館に通っていた。

一九八一年にはメル・ギブソン主演、ジョージ・ミラー監督の『マッドマックス2』が、翌八二年にはハリソン・フォード主演、リドリー・スコット監督の『ブレードランナー』が公開された。『マッドマックス2』の世界観は『北斗の拳』に引き継がれ、『ブレードランナー』は士郎正宗《しろうまさむね》のマンガ『攻殻機動隊』や、それを原作とした押井守《おしいまもる》の映画『GHOST IN THE SHELL／攻殻機動隊』など日本のサブカルチャーに大きな影響を与えた。もちろん、どちらもぼくのオールタイム・ベストに入っている。

いまや外国人旅行者に大人気の新宿ゴールデン街は、八〇年代は映画や出版関係者のたまり場だった。ぼくはどちらかというと歌舞伎町のジャズ喫茶が好きだったのだけど、知り合いと飲みに行くと、最後はゴールデン街ということも多かった。

行きつけの小さなバーは、店主の趣味らしく、深夜を過ぎると当時人気絶頂だった近藤真彦《こんどうまさひこ》の「ブルージーンズメモリー」や「ギンギラギンにさりげなく」が繰り返し流れた。そこにたむろしていたのはちょっと左翼っぽい中堅出版社のひとたちで、彼らはずっと年上だったけれど、同じ「編集者」というだけで、出版社ともいえないような零細な会社に勤めるぼくに対しても、「本づくりとは何か」を熱心に語ってくれた。なかには段ボールに自分のつくった本を詰めて、会社まで送ってくれたひともいた。いま思えば、みんな熱かった。「自分たちの手で社会を変えることができる」と信じられる時代でもあった。

ある日の深夜、その店で一人の編集者と知り合った。村松友視《むらまつともみ》さんの『私、プロレスの味方です』がベストセラーになった頃で、その編集者は村松さんの文章を巻頭にしてプロレス評論のアンソロジーをつくろうとしていた。そこで、「プロレスは国際政治で、ジャイアント馬場《ばば》は唯一のアジア的な政治家だ」という話をしたら、「それ、面白いね」と盛り上がった。

たんなる酒の席の話だと思っていたのだが、後日、その編集者はほんとうに原稿依頼してきた。これはぼくの私的な記録でもあるので、ちょっと恥ずかしいが、二十三歳のときにはじめて商業出版物に書いた文章をそのまま掲載する（のちにこれが、ぼくの生活を救ってくれることになる）。

ジャイアント馬場　哀愁の土曜五時三〇分

ジャイアント馬場は、たった一人のアジア的なプロレスラーである、と言いたい。

僕はべつに、それほど熱心なプロレスファンではないし、巷《ちまた》にあふれる自薦他薦のプロレス評論家ほど、この〝格闘技〟に対して深い知識を持っているわけではない。だがそれでも、ジャイアント馬場がいかに優秀な〝政治家〟であるかぐらいは分かる。

プロレスの世界は、きわめて政治的な場であると思う。ルー・テーズからスタン・ハンセンまで頂点をきわめたレスラーはすべて白人であり、有色人種にはろくな役が回ってこない。そんな仕組みが、アメリカ的な社会構造を見事に反映しているようだ。

知ってのとおり、プロレスにはベビーフェイス（善玉）とヒール（悪玉）の二つの集団がある。神と悪魔に象徴されるこの二項対立は、コロシウムの時代より連綿と受け継がれた格闘技の基本である。〝近代化〟という病に侵されたボクシングなどに比べて、プロレスは、はるかに由緒正しき〝見世物〟なのだ。

王と乞食、美女と野獣、頭と尻、祝祭的空間を演出するこうした二つの要素は、それが織りなす〝死と再生のドラマ〟とともに、プロレスの中で正確に具象化されている。力道山《りきどうざん》の空手チョップによる反撃などは、この様式美のもっとも完成されたドラマであろう。人々はそこに、宗教的な解放すら感じたのである。

ところが、この善玉と悪玉の対立には、もうひとつの関係が隠されている。

来日する外人チャンピオンが白人ばかりであること。有色人種のレスラーが、戦う前から悪役のレッテルを貼られていること。そんな不思議な常識に疑問を感じる人は、あまり多くはないようだ。だれもが素直に認めてしまう。

だが、プロレスの背後に白人中心主義のようなものを感じるのは、僕ばかりではないだろう。頂点にはいつも〝アメリカ〟がある。そしてここから、すべての物語が始まるようだ。プロレスもまた、国際政治と同じようにアメリカから語らねばならない。そこにはもちろん、専門の政治学だってあるのだ。

さらにプロレスには、経済学も必要である。

日本の観客にプロレスの特殊性が隠されているのは、日本が主要サーキットとしての巨大な経済的基盤を持っているからにすぎない。

日本のレスラーにはPWF、NWAというサーキット用のチャンピオンベルトが与えられ、地域内ではベビーフェイスとして振舞うことも許されている。だがそれだからといって、プロレス本来の白人崇拝が否定されているわけではない。

プロレス地図の中で、日本の立ち位置は非常に微妙である。それは国際政治の中の日本が、「サミットに出席する唯一の有色人種」という言葉で表現されることと似ている。

白人の仮面を手に入れた日本人レスラーは、いまや白人と対等に闘い、白人と共闘して日本人を含む有色人種の悪役たちをたおすのである。

このような状況の中では、すべてのレスラーに自己の立場を正当化するための特殊な政治学が必要になってくる。そしてそれは、大きく次のように分類できるだろう。

まず、ヒールとしての役割にこだわり続けることによって、自己の存在を顕示していこうというタイプ。上田馬之助《うえだうまのすけ》やザ・グレート・カブキなどを考えていただきたい。彼らは敵役としての演技を徹底化することで、自分たちの地位を確立していった。

アメリカ人の真似をすることで、できるだけベビーフェイスに近付こうとするタイプもある。ジャンボ鶴田《つるた》やタイガーマスクなどだ。

彼らの指向性は、〝装飾品としてのカタカナ語〟に顕著に現われている。白人と対等に試合をするためには、〝飛び膝蹴り〟ではなく〝ジャンピング・ニーバット〟でなければ、格好がつかないのだ。

アントニオ猪木《いのき》の政治学は、彼らとは少し違っている。それは、力道山直系の〝暴力革命論〟だと言えよう。猪木は、白人中心主義そのものを否定し、自らの手に権力を握ろうとする。

力道山は、権力構造そのものを維持しながら、日本におけるベビーフェイスとヒールの関係を強引に逆転させた。それは一定地域における特殊な現象にすぎなかったが、それでも国民の間にすさまじい力道山幻想を巻きおこした。

アントニオ猪木のＩＷＧＰ構想とはこの〝逆転現象〟を世界的な規模にまで広げることにほかならない。猪木は、プロレス世界の権力構造を、日本人中心に革命的に再編しようとする。

だが猪木の革命戦略は、プロレスというゲームの基本的な枠組みを認め、その中でいかに戦うかという視点からしか考えられていない。中心には、いつもアメリカがある。〝アメリカ的なるもの〟に対置する新たな価値観を提示するのではなく、いまや自分自身が新しいアメリカになることを、猪木は望んでいるのだ。

だが日本にただ一人、その独自の思想によってプロレスの枠組みを大きく超えようとしているレスラーがいる。それは、ジャイアント馬場である。

馬場は、アメリカ的なるものに対して〝アジア〟を対置する。

では、ジャイアント馬場のアジア性とは一体何なのか？　それを知るにはまず馬場自身の固有のリズムに気付かねばならない。

馬場の試合は、他のレスラーとはまったく違ったリズムで進行していく。スタン・ハンセンが８ビートのロックンロールなら、馬場の動きはインドの古典舞踏に近い。リズムの起源である文化が、根本的に違うのだ。

スタン・ハンセンは、いまもっともアメリカ的なレスラーである。そして馬場とハンセンの試合が最高にスリリングなのは、互いの実力が伯仲しているからではなく、そこで二種類の文化が激しく衝突するからだ。

異なる文化的波長が、きしみ、うなり、リングの中で炸裂《さくれつ》する。だからジャイアント馬場は、力道山以降ただ一人〝東洋〟を名乗ることのできるレスラーなのである。

彼の周囲にまとわりついている様々な〝言葉〟が、そのことを見事に証明してくれるだろう。

〝東洋の巨人〟ジャイアント馬場は全日本プロレスの〝御大《おんたい》〟であり、彼の必殺技は〝十六文キック〟〝脳天唐竹割り〟〝水平チョップ〟なのだ。馬場以外にこのような漢字の技を使えるレスラーはいない。

他のレスラーでは、十六文キックはドロップキックに、脳天唐竹割りはジャンピングエルボードロップに、水平チョップはフライングクロスアタックに変化してしまう。彼らには、技を日本語として表現するだけの思想がないのだ。

ジャイアント馬場のこうしたアジア性は、彼が率いる全日本プロレスにも影を落としている。アントニオ猪木の新日本プロレスと比較すれば、その特徴がより明確に浮かび上がるはずだ。

個人的な独断と偏見で言ってしまおう。

金曜夜八時が〝闘いのワンダーランド〟なら、土曜日の五時三〇分は〝隠者のひそやかな楽しみ〟である。アントニオ猪木が〝燃える闘魂〟なら、ジャイアント馬場は〝東洋の哀愁〟である。新日本プロレスが〝過激〟ならば、全日本は〝わびとさび〟のプロレスなのだ。

両者の差異は、まず放映時間に決定的に現われる。

金曜夜八時というのは、実に健康的な時間である。夜遊びもせずに会社から真っすぐ帰宅した人たちが、一家団欒《だんらん》しながら楽しくプロレスを見る。それにはやはり、健康的な猪木のプロレスがふさわしいのだろう。

それに対して、土曜日の五時三〇分というのは、どう考えたって正常な人がテレビを見る時間ではない。

ひさしぶりの土曜の休日を、馬場に会いたいがために、何もせず夕方までただひたすら家にこもる。全日本プロレスのファンには、こんなイメージがどうしようもなく付きまとっているのだ。

東洋の神秘と哀愁に遭遇するためのこの過程は、苦行の末に悟りに達するという宗教的な儀式に、どこか似ている。

たしかに全日本プロレスの放映時間は、ひとつの大きな試練である。とくに僕のような超零細企業休日なしのサラリーマンにとって、ジャイアント馬場と出会うことは、ほとんど不可能に近い。

馬場という男は、自己にストイックなあまりファンに対しても試練を与え、それを克服したものだけに自らの姿を晒《さら》すのだろうか。とにかく、哀愁の土曜五時三〇分には、いつも深い謎のようなものを感じてしまうのだ。


観客は、プロレスにカタルシスを求めている。その意味で、現代のプロレスはもっとも進化した宗教儀礼でもある。

プロレスが場外乱闘で終わるのは、宗教儀礼のクライマックスが教祖と信者の接触であることによって、説明できるだろう。プロレスの場外乱闘も、その原型は〝神の降臨〟にあるはずだ。プロレスにとって、リングは聖域である。観客からリングまでの距離は無限大であり、いかなることがあっても観客がリングに上がることは許されない。

プロレスの宗教劇では、演技者が聖域であるリングと地上である客席とを自由に往還する。演技者であり演出家でもあるレスラーは、降臨と昇天を繰り返しながら観客の興奮を最高のレベルまで持っていくのだ。

そしてわがジャイアント馬場は、この点でも最高の政治技術を、僕たちに披露してくれる。だから僕は、ジャイアント馬場こそが、注目に値するほとんど唯一の政治家だと信じている。

――『月刊アドバタイジング』一九八三年八月号（電通）

やっぱりカネだろ、世の中は

『緊急深夜版』は、一九五〇年代に活躍したアメリカのハードボイルド作家ウィリアム・P・マッギヴァーンの作品だ。

腐敗と汚職にまみれた小都市で、悪徳市長の有力対抗馬だったリベラルな政治家がクラブ歌手を暴行・絞殺するというスキャンダルが起こる。だが、殺人容疑の政治家は泥酔していてなにも覚えておらず、目撃者の証言は調べるにつれて曖昧になっていく。そこで、弱小新聞社の記者たちが真実を追究するため職を賭してたたかう、という話だ。この本をぼくに教えてくれたのは、いっしょに入社した森くんだった。

森くんはテニスのインターハイにも出たというスポーツマンで、ジャーナリストに憧れて新聞社を受けたもののすべて落とされて、「出版社ならどこでもいい」と入ってきた。ところが実際の仕事は、うさんくさい会社の記事広告を書いてお金をもらってくることだったから、一週間もしないうちに「こんなクズのような会社はすぐに辞めてやる」といいはじめた。ジャーナリズムへの夢を語り、「君はなんでこんなゴミ溜めにいるんだ」とぼくに説教し、いちばん好きな小説だと『緊急深夜版』を勧めた。

森くんに感化されてハードボイルドを読むようになった。レイモンド・チャンドラーも、ロス・マクドナルドも、ロバート・B・パーカーもその頃はじめて知った。それまでの極端に偏った読書傾向から、エンターテインメントの世界に連れ出してもらったのだ。

その森くんは、新聞社の中途採用に受かったといって、ぼくと相前後して会社を辞めた。

そのあと二度、森くんとたまたま会った。

最初は一年後くらいで、日比谷図書館の前だった。「どう?」と訊いたら、「いやあ、なかなか思いどおりにいかなくてね」という。

森くんの新しい仕事場は夕刊紙で、記事の中心はスポーツと芸能、競馬などのギャンブルと風俗情報だった。それでも森くんは、希望どおり硬派な記事の担当に配属してもらったのだが、取材をする余裕はないので、図書館で資料を調べて記事を書くのだという。

「これは最初のステップだから」と、森くんはいった。「いずれほんもののジャーナリストになるよ」

二度目は、それから五年ほど経ってからだ。中央線四ツ谷駅のホームでばったり会ったのだが、第一印象はずいぶん白髪が増えたな、というものだった。三十歳になるかならないかだというのに、森くんの頭髪は真っ白になっていたのだ。彼はまだ、前と同じ新聞社で働いていた。

八〇年代末で、世の中はバブルの絶頂期だった。森君は学生時代からつき合っていた女性と結婚したが、彼がいうには「山の手のお嬢さま」でものすごくお金がかかるのだという。

「だから俺、副業やってるんだ。それがけっこう儲かるんだよ」

はっきりとはいわなかったが、どうやら森くんは夕刊紙の風俗情報ページの担当になり、それを利用して風俗店からキックバックをもらっているらしかった。次の新宿駅で降りるまで、彼はずっと金儲けの話をしていた。

「じゃあ、また」といって、別れた。

ぼくは、森くんが大好きだった『緊急深夜版』を思い出した。

悪徳市長からカネをもらって不利な記事が出るのを抑えていたのは編集局長だった。だが若手記者が真相を暴くと、局長は深夜に一面を組み替え、自分の悪行も含めすべてを書くよう命じた。そのとき市長の黒幕である暗黒街のボスから電話がかかってくるが、「おれのことを書くな」という脅しを編集局長ははねつける。

緊急深夜版ができあがったとき、局長は新聞社の向かいのレストランにいた。

異変を感じた若手記者は、電話で局長に「こっちにきてみんなでいっしょに飲みましょう」と誘うが、「今夜はだめだよ、わたしには約束があるんだ」と断られる。

あわてて窓に走ると、局長はレストランを出て舗道に立っていた。そこにライトを消した一台の車が現われ、急発進して走り去ると局長が溝に倒れていた。局長の身体を貫通した銃弾でレストランの窓ガラスが粉々になり、舗道にガラス片がきらきらと光っていた――。

「やっぱりカネだろ、世の中は」最後に会ったとき、ぼくに向かって森くんは繰り返した。

「儲けた奴が勝ちなんだよ」

ひとは、唇をほんのすこし歪めるだけで、
こころが砕け散るような絶望を表わすことができる

その頃つき合っていた女の子の友だちが東京に出てきたというので、二人で彼女のアパートに遊びにいくことになった。調布《ちょうふ》基地と多磨《たま》霊園に挟まれたあたりに進駐軍のゴルフ場を転用した公園があって、彼女はその近くで年上の男性と暮らしていた。

彼はミュージシャンで、七〇年代半ばに大ヒット曲を出したフォークグループの元ギタリストだった。学生運動の季節が終わったあとの喪失感をアメリカ映画のタイトルに託した歌といえば、同世代のひとにはわかるだろう。そのときはずっと年長に感じられたけど、いま思えば三十代前半で、五年ほど前にグループが解散したあとはバックミュージシャンとして活動していた。

そこは木造の古いアパートで、畳敷きの二間に台所と風呂・トイレが付いていた。すりガラスの窓にカーテンはなく、夜は雨戸を閉めていた。殺風景な部屋には、旧式のステレオセットとギターケースが置かれているだけだった。

デザインの勉強をするために東京に出てきた彼女は二十一歳で、希望に溢れていて、とても魅力的だった。旅先のロンドンで知り合った彼のことをこころから尊敬していて、ライブの予定やレコーディングの計画をうれしそうに話してくれた。そんなとき、彼女の目は満天の星のようにきらきらと輝いていた（そのときぼくは、これがたんなる比喩じゃないことをはじめて知った）。

なぜこんなむかしのことを覚えているかというと、彼女の話を聞きながら彼が浮かべた表情がずっと記憶の隅に残っていたからだ。おとなしいひとだったから、照れてるんだろうと思った。その意味がわかったのは、ずっと経ってからのことだ。

その当時、ぼくたちはまだ若くて、目の前には無限の可能性が開かれていると信じていた。だけど彼は三十歳をすぎて、音楽業界のなかでの自分の立場がわかっていたのだろう。そのときは気づかなかったけれど、彼の境遇はかつての成功とはずいぶんと大きな隔たりがあった。

素敵な恋人ができて、その子が自分のことを信頼していて、未来にものすごく大きな夢を抱いていて、そして自分がその夢をかなえることができないと知っていたとしたら、どんな気持ちがするだろう。

ひとは、唇をほんのすこし歪《ゆが》めるだけで、こころが砕け散るような絶望を表わすことができるのだ。

ミュージシャンと暮らしていた彼女は、しばらくして単身ロンドンに渡ることになった。ミュージシャンの彼が、一〇歳以上年下の彼女に子どものように依存するのが耐えられなくなったのだという。その頃のロンドンにはファッション関係や音楽関係の日本人のコミュニティがあって、身体ひとつで駆け込んでもなんとかなったのだ。

その彼女を紹介してくれたのは、新橋の会社にあとから入ってきた女の子だった。

彼女は九州に結婚を約束した男性がいたが、一年間の約束で東京に出てきたあと、彼が別の女性とつき合いはじめたと呆《あき》れていた。ぼくは大学時代からの彼女がいたが、新宿のジャズ喫茶で知り合った出版社勤めの年上の女性との、けっこう面倒な三角関係にはまっていた。終電まで二人で会社に残っているうちになんとなくお互いの境遇を話すようになって、仲良くなったのだ。

ぼくたちは、それぞれの関係を清算していっしょに暮らすことになった。

1983
見つめていたい

ギャラ、もうひとつゼロを増やしてもよかったかもね

二十四歳のときに、友だちと三人でママゴトみたいな会社をつくった。同じ頃に彼女に子どもができて、ママゴトみたいな結婚をした。

社長は三つ年上の本宮《もとみや》さんで（その頃はオジサンだと思ってたけど、彼はまだ二十七歳だった！）、新橋の出版社にあとから入ってきて、代理店ビジネスの雑誌で営業をしていた。なぜ本宮さんを誘ったかというと、会社には営業マンが必要だが、それは自分には向いてないとわかっていたからだ。――これは要するに、それ以外のことはぜんぶ一人でできると思っていたということだ。

もうひとりは大学のロシア語サークルの先輩のIさんで、ファッション業界の業界誌の編集をしていた。それにアルバイトの女の子と、あとから編集見習いの男の子が加わって、御茶ノ水の赤煉瓦《あかれんが》のマンションの一室で小さな編集プロダクションがスタートした。

最初はIさんの伝手《つて》で、流通関係の雑誌の特集を請け負った。あちこちの出版社にも営業に行って、情報誌『ぴあ』のムックなど、まとまった仕事の話も進んでいた。その当時は出版業界も上り調子で、「面白そうな奴が来たら、とりあえずなにかやらせてみよう」という

感じだったのだ。

はじめての大きな仕事も、Iさんが取ってきた。当時、飛ぶ鳥を落とす勢いだったマガジンハウスからの発注で、女性誌『an・an』に掲載される銀座の大手デパートの記事広告だった。

デパートを取材して原稿を書き、なんの問題もなく四ページの記事広告ができあがったが、それっきりなんの連絡もない。広告業界の慣習など知らないから、これには戸惑った。

「ちゃんと仕事をしたんだから、ギャラのことを訊くべきだよ」と、社長の本宮さんが決断した。それで、Iさんがマガジンハウスの広告局のひとに電話することになった。

ぼくたちは固唾を呑《の》んで、Iさんの電話が終わるのを待った。受話器を置くと、Iさんは不思議そうな顔をした。

広告局のひとは、ギャラの支払いをすっかり忘れていたという。「いやあ、悪かったね」とすぐに謝ってくれた。

Iさんが戸惑ったのは、「金額は君たちで適当に決めて、請求書を送ってよ」といわれたからだった。

そこでこんどは、四ページの記事広告でいくら請求すべきかで悩むことになった。広告ページは編集ページより単価が高いことくらいは知っていたから、ぼくたちからすると、かなりの金額を記入して請求書を郵送した。「こんなのほんとうに払ってもらえるのかなあ」と本宮さんがつぶやいて、みんな不安になった。

驚いたことに、その金額はそのまま銀行口座に振り込まれてきた。その後、Iさんが聞きつけた噂では、『an・an』はその記事広告で大手デパートから一ページあたり一〇〇万円の広告費を取ったという。「ギャラ、もうひとつゼロを増やしてもよかったかもね」と、Iさんはいった。

その広告局のひととは、西麻布《にしあざぶ》のカフェバー（当時は流行の最先端だった）で行なわれたスタッフの結婚式の二次会で顔を合わせたことがある。ブランドもののスーツを粋に着こなして、まわりを若い女性が取り囲んでいた。業界のひとが次々と挨拶にきて、まさに肩で風を切るという感じだ。マガジンハウスの女性ファッション誌の広告をすべて仕切っていて、Iさんは、「あのひとといっしょにいると、編集長から〝よろしくお願いします〟って頭を下げられるんだよ」といっていた。

巷にはバブルの予感のようなものが漂いはじめていた。

せっかく自分たちの会社をつくったのだから、好きなことをやりたいとみんな思っていた。定期の仕事が決まり、広告関係で利益を確保する目処も立ってきた。そこで、いろんな雑誌に企画を売り込みにいくことにした。

その当時いちばん勢いがあったのは、主婦の友社から出ていた『ギャルズライフ』だった。その後、作家として活躍する赤羽建美《あかばねたつみ》さんが一九七八年に創刊し、最初は西海岸（ウエストコースト）のファッションなどを特集していたが、その後、いまでいう〝ヤンキー〟雑誌へとシフトしていった。

その頃は『an・an』と『non-no』の全盛期で、『JJ』が「お嬢さまのバイブル」として君臨していた。そんな雑誌に登場する女の子たちは、みんな清楚でかわいくて、ファッションと甘いものが大好きな「よい子」ばかりだった。

そんなところに『ギャルズライフ』は、恋もするけどセックスもするリアルな十代の女の子たちを登場させた。インターネットでバックナンバーを見ると、「星座別SEX占い」とか、「まちがいだらけの避妊」などのタイトルが並んでいる。いまだと「そんなの当たり前」と思うだろうが、当時はまさにセンセーショナルだった。

『ギャルズライフ』の読者は、「スケバン」とか「レディース」などと呼ばれていた不良にあこがれる地方の女の子たちだった。『an・an』や『non-no』のようなメインストリームの雑誌が相手にしないところに、誰も気づかなかった大きなマーケットを発見したのだ。

ぼくはいくつか企画を考えて、『ギャルズライフ』の編集部に売り込みに行った。編集長の赤羽さんはとても親切で、「こんどいっしょになにかやろうよ」といってくれた。

会社で編集の仕事を請け負うと同時に、ぼくは個人でライターの仕事もするようになった。これは、先に紹介したプロレス本がきっかけだった。

ある日、御茶ノ水の会社に電通の藤井さんというひとから電話がかかってきた。『アドバタイジング』という雑誌をつくっているのだが、そこに「現代タレント考」という連載があって、ジャイアント馬場の話を書いてくれないかというのだ。藤井さんはプロレスファンで、たまたま読んだアンソロジーのなかでぼくの文章を気に入ってくれて、出版社に連絡先を聞いて電話をくれたのだ。

ひととおり用件を話したあと、藤井さんは「ところでそこ、なんの会社?」と訊いた。つくったばかりの編集プロダクションだとこたえると、興味をもったらしく、「いちど会社に遊びにきなよ」という。それで文字数を調整したヴァージョンをつくると、それをもって銀座の電通本社に挨拶に行った。——じつはプロレス本はどこかに行ってしまって、掲載した原稿はオリジナルではなくこのときのものだ。

藤井さんは当時五十歳くらいの部長待遇で、社内での出世はなくなったけれど、雑誌についてはすべて任されているようだった。原稿を受け取ると、「なにか頼みたい仕事ができたら、また連絡するよ」といってくれた。

その頃、私生活でも大きな変化があった。夏に男の子が生まれたのだ。

二十四歳で一児の父というのは当時でも珍しかったが、将来についてはなにも心配していなかった。会社がスタートしたばかりで、スタッフ全員の給料は毎月一〇万円（もちろんボーナスなどないから年収一二〇万円）だったが、仕事は順調に入ってきていたから、すぐに広い部屋に引っ越すつもりだったのだ。

でもぼくたちの運命は、ある日かかってきた一本の電話で大きく変わることになる。——ちょっと大袈裟だけど。

雑誌づくりなんて気合なんだよ

「君たちの会社、近所なんだろ。ちょっと顔出しなよ」と、そのひとはいった。

編集プロダクションをつくったとき、いろいろな出版社に片っ端から挨拶状を郵送した。そのひとはたまたま挨拶状を見て、住所が歩いて五分くらいしか離れていないことに気づいたのだ。

電話をかけてきたのは、自動車やオートバイの雑誌を何誌か出している中堅出版社の専務だった。いまはそこそこ儲かっているものの、いずれ頭打ちになるだろうから、そのときに備えていろんな分野に進出したいのだと専務はいった。すこし前にサーファー雑誌を創刊したら予想外に好調で、次の企画をさがしているのだという。

「なにかないか」とせかされるので、『ギャルズライフ』にもっていった企画書にちょっと手を加えて提出した。そしたら二、三日で電話がかかってきて、役員会議で承認されたからできるだけ早く創刊しろ、という。

ぼくたちはびっくりした。自分たちでぜんぶやるなどとはまったく思っておらず、編集部は出版社がつくって、企画に協力すればいいと考えていたのだ。

　創刊が決まったのは、ぼくの企画が素晴らしかったからではもちろんない。当時『ギャルズライフ』は絶好調で、その売れ行きを調べて、これなら二番煎じのコバンザメでもなんとかなると思ったのだ。

「いきなり月刊誌をまるごとつくるなんて、ぜんぜん自信ありません」と素直に話すと、専務は、「雑誌づくりなんて気合なんだよ。困ったらぜんぶ俺が教えてやるから大丈夫だ」と安請け合いした。これまでもそうやって次々と雑誌をつくってはつぶしてきたのだが、もちろんそんなことはまったく知らなかった。

　その話をもちかえって、徹夜で議論した。問題は、提示された制作費がものすごく安いことだった。

　雑誌づくりには、カメラマンやデザイナー、イラストレーターなどたくさんのスタッフの協力が必要だ。読者はティーンの女の子なのだから、ファッションページもつくらなくてはならない。そうやって計算していくと、ぼくたちのギャラをゼロにしても赤字になってしまう。それればかりか、ライターに払う原稿料もないから、記事はぜんぶ自分たちで書かなくてはならないのだ。

　それを考えれば、このまま広告の仕事で稼ぎながら、ときどき『ギャルズライフ』の特集をやらせてもらうほうがずっといいことは明らかだった。でも、ぼくたちは若かった。会社をつくって半年で自分たちの月刊誌を立ち上げる魅力に抗することはできなかった。

企画書を書いたなりゆきで、そのままぼくが編集長をやることになった。もともと『ギャルズライフ』のための企画で、それがライバル誌になるわけだから、赤羽さんに電話して断りを入れることにした。怒られるかと思ったら、「そうか、よかったね。頑張りなよ」と赤羽さんはいってくれた。

雑誌名が決まると、創刊の日は十月十五日だと出版社から指定された。最終的に企画が了承されたのは、八月末だから、準備期間は一カ月しかなかった。右も左もわからないまま、とにかく創刊号をつくらなければならず、嵐のような日々が始まった。

黒人の彼ス・テ・キ

出版社から提示された制作費では、長くはつづけられないことは最初からわかっていた。制作費を上げてもらうためには、まずは売れ行きを伸ばさなければならない。そうなると、一発勝負のデッド・オア・アライブ戦略しかないとぼくたちは考えた。創刊号から、みんながあっと驚くようなことをやらなければならないのだ。

制作費が極端に安いというのは、失うものがなにもないということでもあった。どうせ失敗するなら、好きなことをぜんぶやって、派手に散ったほうが面白いとも思っていた。

ぼくたちの雑誌は、こうした歪んだインセンティブでスタートすることになった。

この本を書くために押入れの奥のダンボールから三五年ぶりにその雑誌を引っ張り出してきたのだが、いまあらためて眺めると、素人がわけもわからずつくったわりには思いのほかちゃんとしている(と思う)。

連載マンガは、いまをときめく桜沢《さくらざわ》エリカと、『愛はめんどくさい』のまついなつき。二人とも新人で、桜沢さんはぼくが連載を頼みにいった。デビューしたばかりの吉川晃司《きっかわこうじ》や藤井フミヤ(チェッカーズ)も登場している。プロダクションのひとと仲良くなった縁で、吉川さんとは原宿でいっしょに豚カツを食べた。

でもファッションページは明らかに見劣りがする。そもそもティーンズ雑誌なのにカラーページが二四ページしかないのが致命的だが、予算の関係でまともなカメラマンやスタイリストに仕事を頼むことができず、モデル事務所にも相手にされなかった。それを補うために読者モデルを使ったのだが、どうせならそれを徹底すればよかった。

その一方で、なんでこんなことをやったのか理解できない企画もある。

たとえば、映画監督石井聰亙（岳龍）さんの連載。これはぼくが『狂い咲きサンダーロード』や『爆裂都市 BURST CITY』に感動したからで、音楽を担当していたロックバンド、ザ・ルースターズのインタビューもある。音楽ページのレコード評はU2とレッド・ツェッペリンのロバート・プラントで、いずれもぼくの個人的な趣味だ。

写真家・長倉洋海《ながくらひろみ》さんのエルサルバドルの写真や、ニューヨークのゲイ・ピープルの写真も載っている。六〇年代風のサイケデリック特集やキース・ヘリングが出てくるのはデザイナーの趣味だ。でもこれは仕方のない部分もあって、ギャラが安い分、「好きなことをやってください」といわざるを得なかったのだ。要するに、半分は同人誌的なやぶれかぶれだったのだ。

そのなかでものちに反響を呼んだのは、読者ページに、ポル・ポト支配下のカンボジアから逃れてきたやせ衰えた半裸の少女の写真を掲載したことだ。これが騒動のなかで思わぬ効果を発揮するのだが、その話はまたあとで。

ぼくたちが悩んだのは、勝負を賭ける創刊号の巻頭特集をなににするかだった。レディースと呼ばれた暴走族の女の子たちは、『ギャルズライフ』の定番企画だった。原宿の竹の子族ブームは一段落して、ローラー族と呼ばれる革ジャン、リーゼントの男の子たちに変わりつつあったが、彼らもメディアに頻繁に登場していた。そこに割って入るには、みんながあっと驚くような新しいものをぶつけなくてはならない。

そこで選んだのは、時代の最先端をいく「不良少女」たちだ。彼女たちは、米軍の黒人たちと遊んでいた。

すでに村上龍《むらかみりゆう》さんが一九七六年の『限りなく透明に近いブルー』で、福生《ふっさ》の米軍基地の兵士に群がる日本人の女の子たちを描いていたし、一九八五年には山田詠美《やまだえいみ》さんが黒人の恋人との日々を描いた『ベッドタイムアイズ』でデビューすることになる。とはいえ、それを少女雑誌で扱うというのはインパクトがありそうだった。

その頃は写真週刊誌『フォーカス』が社会現象になっていて、雑誌だといえばみんな喜んで写真を撮られたがった。そこで、『フォーカス』の仕事をしていたカメラマンといっしょに週末の夜の六本木に行くことにした。いきなり見知らぬ男が声をかけても警戒されるだけだと思って、アルバイトの女の子もいっしょだ。彼女がまず話をして、それから黒人の彼氏といっしょの写真を撮らせてもらう段取りだったのだが、そんな心配をする必要もなく、黒人たちは喜んで撮影に応じてくれた。そのほかに基地の町・横須賀のドブ板通りと、米軍ハウスのあった横浜・本牧《ほんもく》の写真を組み合わせて、創刊号の巻頭で「黒人の彼ス・テ・キ」という特集を組んだ。

いま思えば、ぼくたちは雑誌のことをなにもわかっていなかった。読者のメインターゲットは地方の中学や高校に通う、「不良」に憧れているふつうの女の子たちだった。彼女たちはべつに、黒人とつき合いたいと思っていたわけではない。

創刊号が店頭に並び、読者からのハガキが戻ってくるようになって、ようやくそのことに気がついた。読者はぼくたちが押しつける「流行」にはなんの興味もなく、自分たちのことを知ってもらいたかったのだ。

それでもあえて言い訳すると、『ギャルズライフ』の二匹目のドジョウを狙った雑誌なのだから、同じことをすればいいというのは頭ではわかっていた。でもそのとき、誰かからそんな正論で諭されたとしても、ぼくたちは聴く耳をもたなかっただろう。自分たちの雑誌を創刊する以上、追求すべきは「なにか新しいものSomething New」なのだ。

これからどうなるの？

大学で同級生だった篠原くんは、四年生になるとほとんどキャンパスで見かけなくなった。大阪の高校時代は剣道でならしたという篠原くんは、たいてい学ランを着ていたから、遠くからでもものすごく目立つのだ。

そのあとずっと音信不通だったのだが、編集プロダクションをつくった頃に再会することになる。きっかけはまったく記憶にないのだが、同窓会で会ったのかもしれないし、友だちの伝手で電話をくれたのかもしれない。

はっきり覚えているのは、渋谷の道玄坂にある喫茶店で久しぶりに会ったときのことだ。篠原くんはつなぎの作業服を着て、工具が入った大きなカバンをもって現われた。この近くのラブホテルで、バスルームのタイル張りをしているのだという。

篠原くんが大学に出てこなくなったのはアパートの部屋に引きこもっていたからで、そのまま留年すると、五年生のときに精神病院に入院した。退院してからは日雇い仕事で暮らしていて、「金額を知ったらびっくりするぞ。この仕事、めちゃくちゃ儲かるんだ」と、例の大阪弁イントネーションの標準語でいった。

篠原くんのまわりには、同じように日雇いで働く元インテリが集まっていた。有名大学を卒業するか中退していて、社会とうまく折り合うことができず、肉体労働で生きていくことを選んだひとたちだ。ぼくはそれまでそういう世界をまったく知らなかったから、いろいろなひとを紹介してもらって飲みにいった。稼いだお金は酒と女とギャンブルで使ってしまい、翌朝になったらシャブ（覚醒剤）をきめて仕事にいくという彼らの生き方が、当時のぼくにはものすごく新鮮に見えた。

少女雑誌が始まると篠原くんは編集部に遊びに来るようになり、やがて「こんなのぜったいおかしい」と怒り出した。それほど、ぼくの生活は異常だった。会社に寝泊まりするどころか、暮らすことになってしまったのだ。

バックナンバーをあらためて眺めると、ティーンの女の子向け雑誌にしては異常に記事が多いことに気づく。なぜこんなことになるかというと、あまりにも予算が少ないので、イラストや写真を使うことができず、ページを文字で埋めるしかないからだ。自分たちで原稿を書けばタダだから。

こうして、昼から夜にかけて取材して、その記事を徹夜で書くという仕事のスタイルが定着した。午前一〇時を過ぎると印刷所などから電話がかかってくるし、出版社の専務に呼び出されることもある。午後にはスタッフとの打ち合わせが入るから、家に帰る時間がまったく取れないのだ。

あまりに人手が足りなくて、とうとう篠原くんまで取材に駆りだすことになった。出版の仕事などしたことがないから不安だったが、実際にやってみると、体育会気質でガテン系の篠原くんは不良少女たちと妙にウマがあった。こうして篠原くんは日雇い仕事をやめてライターになり、記事の評判がよかったので自分のページまでもつようになった。


ぼくにとって、もうひとつの大きな問題は家計だった。給料はだんだん増えていくはずだったのだが、雑誌を始めたことで会社の経営は逆に苦しくなり、社長の本宮さんは「とうぶん月給一〇万円でやっていくしかない」とぼくたちに宣告した。

バブル崩壊後の長期のデフレで物価水準は八〇年代半ばとあまり変わらないから、子どもが生まれたばかりで、東京で年収一二〇万円で生活するとどうなるか想像してもらうと、当時のぼくの状況がわかるだろう。

雑誌の創刊が決まってから一カ月近く、家に帰れなかった。ようやくちょっと時間ができて、みんなにいわれて様子を見にいくことにした。

中央線の駅を降りたとき、財布のなかにお金がないことに気がついた。それでも手ぶらで家に帰るのが気が引けて、駅前のパン屋に寄って、三〇〇円くらいでブドウパンを一斤買った。

アパートに着くと日は暮れていて、ガラス窓は信号の青・黄・赤で染まっていた。生まれたばかりの赤ん坊は、畳に敷いた座布団の上で寝ていた。その隣に、ぽつんと妻が座っていた。

「これ」といって、買ってきたブドウパンを渡すと、妻は「ああ」と放心したようにその袋を受け取った。そして、「これからどうなるの?」と訊いた。

社会のルールを踏みにじるのはいつだってぞくぞくする

試行錯誤で超低予算でもなんとか雑誌が出せるようになったものの、問題はなにひとつ解決しなかった。ぼくとIさんはほとんど毎日、会社に泊まっていた。アルバイトの女の子は、徹夜で仕事して、始発で平塚の自宅まで帰り、シャワーを浴びて着替えてからまた出社した。それだけ働いても、全員に月一〇万円を払うと会社にはなにも残らないのだ。

社長の本宮さんは、何度か「やめちゃおうか」と提案した。このままつづけていれば、すこしは部数も増えて予算の増額を交渉できるかもしれない。でもみんなの状況は、そんな悠長なことをいっていられないほど切迫していた。

二号目が始まると、また家に帰れなくなった。ようやくそれが終わると、すぐに三号目が始まった。ぼくは一カ月のうち二八日間を会社に泊まっていて、妻や子どもがどうなっているかもわからなくなった。それでも、自分から「雑誌を休刊させてください」と出版社の専務にいうことはできなかった。

そんなある日、ぼくは府中の運転免許試験場にいた。免許の更新のため、どうしても手続きしなくてはならなかったのだ。

薄汚れた壁に、セロテープで無造作にポスターが貼ってあった。「警察官募集」の極太の文字の下で、制服を着た若い男女が真っ白な歯をみせて爽やかに笑っていた。

その頃は、新しい免許証をその場で受け取ろうとすると、手続きを終えてから二時間ほど待たなくてはならなかった。入口脇のホールにあるベンチに腰を下ろし、ぼんやりとポスターを眺めていた。

「これからいったいどうなるんだろう」

それまでは忙しさから考える余裕もなかったけれど、免許証が出来上がるのを待つ所在ない時間の中で、不意に強烈な不安が襲ってきた。ぼくは、「警察官募集」のポスターから目を離すことができなくなった。

なんとかして生活費を稼がなくてはならなかった。そんなとき、電通の藤井さんから電話がかかってきた。「インタビューの仕事があるんだけど、やってくれる?」という。

ぼくは二つ返事で引き受けた。社長の本宮さんは、それをぼく個人の仕事にしてもいいといってくれた。

インタビューの前日の夜にレディィースの撮影があった。特攻服姿の女の子たちが、男の暴走族の「おまけ」扱いされることを拒否して、自分たちのチームをつくったのだという。大きな集会があるというので、カメラマンといっしょに参加することにした。

深夜〇時に蒲田《かまた》の駐車場に行くと、一〇〇台近い車やバイクが集まっていて、頭蓋骨を震わす排気音を轟《とどろ》かせていた。ぼくたちの世話係はリーゼントをばしっときめた若者で、「しっかり運転しますから、いい写真を撮ってください」と励ましてくれた。高校を中退して、いまは近くの鉄工所で働いているのだといった。

暴走族の巨大な集団は、信号無視を繰り返しながら第二京浜を品川方面に向かった。ドライバーは見事なハンドル捌《さば》きで、上半身を乗り出してポーズを決める（これを〝箱乗り〟といった）レディースたちの後ろにぴったりと車をつけた。

社会のルールを踏みにじり良識に反抗するのは、いつだってぞくぞくするものだ。ぼくはただ後部座席で座っていただけだけど、それでも世界をひとり占めしたような高揚感があった。助手席から身を乗り出して写真を撮っていたカメラマンも、フィルム交換のとき、子どものような笑顔を浮かべて「楽しいですねえ」といった。

ドライバーの若者が、バックミラーを見て「こりゃマズいや」とつぶやいた。振り返ると、すごい数のパトカーが、サイレンを鳴らしながらぼくたちを追いかけていた。

集団は散り散りになって、ぼくたちのグループはパトカーに囲まれていた。カメラマンは車から降りると、暴走族に職務質問する警察官の写真を撮った。当然ひと悶着《もんちゃく》があって、警察署に連れていかれそうになった。防犯課の刑事に連絡先を教えてようやく解放された頃には、もう夜は白みはじめていた。

そのまま会社に戻ると、スーツに着替えて銀座に向かった。電通の会議室には、藤井さんのほかにクライアント担当者やその上司など四人くらいが待っていた。

簡単な打合せが終わると、黒塗りのハイヤーに分乗して南青山のＨＯＮＤＡビルに向かった。

受付には広報担当者とその上司が待っていて、名刺交換のあと、エレベーターで役員フロアに案内された。ぼくの仕事は、廊下の奥のひときわ広い部屋にいるひとにインタビューすることだった。

血色がよくて腰の低いそのおじさんは、本田宗一郎《ほんだそういちろう》の指揮のもとＣＶＣＣエンジンを開発した杉浦英男《すぎうらひでお》会長だったのだけど、当時のぼくはそんなことはぜんぜん知らなかった。ただ、部屋のなかで待機しているひとたちがやたらと緊張していたのが不思議だった。

インタビューが終わると、ふたまわりも年のちがう広報担当者が、「原稿をよろしくお願いします」とぼくに深々とお辞儀をした。

ＨＯＮＤＡビルの一階はショールームになっていて、そこにシビックやアコードの新車が展示されていた。その華やかな空間を抜けると、正面玄関の車寄せにぼくを送り届けるためのハイヤーが待っていた。

外に出ると、強烈な日差しが寝不足の頭を直撃した。そのときのめまいと、排気ガスが混じった匂いをいまでもなぜか覚えている。

インタビューの原稿は二時間ほどで書き上げて、速達で送った。それだけの仕事なのに、電通からはぼくの月収の三倍近い金額が振り込まれてきた。

第一〇一回国会衆議院予算委員会

部数一〇万部でスタートした雑誌は、成功とはいえないものの失敗でもない中途半端な状態にあった。読者からの手紙や葉書は号を追うごとに増え、女の子たちが編集部に遊びにくるようになった。彼女たちは高校を中退しているか、学校に行っていなかったが、みんなきちんとした家の子どもで、女の子らしいおしゃれをして、世間一般の「不良」や「つっぱり」のイメージとはぜんぜんちがった。彼女たちに共通するのは、退屈していることだった。

その当時、中小の雑誌出版社は「下手な鉄砲も数撃ちゃ当たる」戦略で、ちょっと儲かると税金対策で手当たり次第に雑誌を創刊しては、売れ行きが悪いと三号で廃刊にしていた。部数は期待していたほどではなかったけれど、とりあえず最初の壁は乗り越えた。

その頃になると、どんな企画に反応がいいかもわかってきた。読者の女の子たちは、暴走族のような目立つ不良になるつもりはなかったものの、セックスや家出など退屈を紛らわしてくれるものならなんにでも興味があった。そして、自分たちと同じような女の子がなにを考え、なにをしているのか知りたがったし、なによりも自分のことを語りたがった。

その頃、『おしゃべりマガジンポンプ!』という読者投稿だけでつくられた雑誌があった。

予算が限られている以上、おしゃれなファッション誌は望むべくもない。ぼくたちの編集方針は不良少女の投稿誌へと変わっていった。

ファッションページも、モデルを使えないので、事務所に遊びにくる女の子にやってもらった。最初はカメラマンのスタジオで撮影し、メイクやスタイリストもつけたが、それも予算が尽きたので普段着をそのまま載せたら予想外に好評だった。地方の読者は、「遊んでる東京の女の子」のファッションを知りたかったのだ。

セックスのときに役立つ避妊法や、補導されないテクニックも評判がよかった。でもいちばん反響があったのは家出などの体験手記だ。この路線でやっていけば、ギャル系のストリート雑誌として定着したかもしれない。

とはいえ、誰もが知っているように、思いどおりにいくなんてことはほとんどない。ぼくたちの雑誌も、もちろん例外ではなかった。

その日は、突然やってきた。

事務所の隅の小さなブラウン管テレビに、「ティーンズ雑誌、国会で論争」というテロップが流れた。なんだろうと思って見ると、小太りの男性が、どこかで見たことのある雑誌を振りかざしている。それは、ぼくたちの雑誌の創刊号だった。

予兆がないわけではなかった。雑誌創刊の直後に文部省（当時）が日本雑誌協会に対し、「最近の少女雑誌の現状は目にあまる」と申し入れ、それが報じられたことでマスコミのバッシングが始まった。

日本テレビ系で昼の一二時から放送されていた「ワイドショー」という番組では、アナウンサーが後ろに並んでいるオバサンたちに向かって、「みなさん、こんな雑誌を許していいんですか」と叫んだ。毎日新聞では、非行を面白おかしく書き立てている雑誌だと紹介された。創刊号でルポした黒人兵と遊ぶ女の子たちの記事が『平凡パンチ』で〝少女雑誌の衝撃記事ベストワン〟に選ばれた。しかし、国会で自分たちの雑誌が取り上げられるというのは訳がちがった。

質問に立ったのは自民党の故・三塚博《みつづかひろし》議員で、国鉄分割民営化に尽力し「運輸族のドン」と呼ばれ、のちに三塚派の領袖として総理の座をうかがうことになる大物議員だった。

でもぼくは、この本を書くまで、そのときのやりとりをきちんと調べていなかった。第一〇一回国会の衆議院予算委員会（一九八四年二月十四日）の議事録によると、三塚議員は教育問題の議論のなかで、小学生の娘をもつ母親から手紙を受け取ったとして次のように述べた。

「何をこれ（国会に持ってきたティーンズ雑誌）に書いておるかというと、とてもこれは想像を絶する、性教育といううたい文句だろうと思うのです。性欲講座であります。すべて性欲講座であります。それで書かれておりますのは、ありとあらゆることが書いてありまして、体位からはじまり、それからどうやったらそれが成功するかということから、さらに中絶、愛撫術、同性愛のやり方、それからオナニー学、体位学、浮気学、イラストで全部入っております。それで十三、十四歳の子供がボーイフレンドとのそういうことについての体験談、これが克明に記されておるのであります。

（中略）今、小学校のこの手紙の主（三塚議員に訴えた小学校四年生の娘をもつ母親）は、高学年、五年、六年から四年にまで至ってこれを読んでおるというのです。これは終わりましたら総理に御進呈申し上げますが、ぜひこれをお読みいただきたい。小学校高学年はこれを全部回し読みしておるのであります。それはまさに恐るべき内容でありまして、これは、看板、俗悪物のテレビ、いろいろあります。それもさることながら、これを読みますと、かあっとします、あらゆる意味において。こういうものが堂々と売られておるという状況は、まさに私は政治家の一人として放置できません。少女少年は国家の宝であります。先ほど議論させていただきましたとおり、二十一世紀に向けての我が社会、我が日本の担い手であります。えらいことに我が国もきたな、こう思います」

これに対して、当時の中曽根康弘《なかそねやすひろ》首相は、「今三塚さんから中学生等の本の話を承りまして、私も全く心配していることがこの国会の論戦、論議の上に上ってきたことを非常に喜ぶものでございます」として、踏み込んだ答弁をしている。

「ただ、この問題は、憲法の表現の自由とか言論、出版の自由の問題が絡んできますから、その点は、正常なそういう出版や言論については十分配慮するけれども、青少年たちをこの俗悪な、あるいは犯罪行為を誘発するような環境から守ることについては、必要あらば立法も辞すべきでない、あるいは行政措置でやるべきものはどしどしやるべきである、そういう考えに立ちまして、立法も含め至急検討してまいりたい、そのように思います」

ぼくはこれまで、三塚議員は、黒人を恋人にする女の子たちの記事で激怒したのだと思っていた。それだけ、国会で振り回した雑誌の表紙のインパクトは大きかったのだ。でもこれを読むと、小学校高学年の女の子にセックスの基礎知識を教えることが問題になっているようだ。ぼくたちの雑誌の読者は十四歳から十八歳くらいで小学生はいなかったから、三塚議員の怒りの鉾先《ほこさき》ではなかったのだ。——いまはじめて知ったけど。

「これって、どうなるんだろう」ニュースが終わると、ぼくはつぶやいた。

本宮社長は腕を組んでしばらく黙っていたが、「ただじゃすまないだろうなあ」といった。

その翌日、ぼくと本宮社長は出版社の専務に呼ばれた。

「いろいろ頑張ってもらったけど、今朝の役員会で決まったから」

専務は、国会のことにはいっさい触れなかった。

「君たちの雑誌、もうつくらなくていいよ」

みんな生身の肉体と欲望をもっているんだよ

編集プロダクションのあるマンションの非常階段の踊り場でぼんやり煙草を吸っていると、午後一時になって、雑居ビルのあいだにある連れ込み旅館からカップルが出てきた。近くの会社に勤めているのだろう、時間差で戻るために手を振って別々の道を歩き出した。雑誌が休刊してものすごくヒマになって、はじめてそんな近所の出来事に気づくようになった。

一九八四年一月、日経平均株価がはじめて一万円の大台を突破した。『週刊文春』に「疑惑の銃弾」が掲載され、故・三浦和義《みうらかずよし》のロス疑惑が世の中を騒がせた。二月には登山家・植村直己《うえむらなおみ》がアラスカ・マッキンリー山の単独登頂に成功した後、消息不明になった。三月には江崎グリコの社長が何者かに誘拐されるが、これが「グリコ・森永事件」につながるとは誰も思わなかった。同じ頃、松本智津夫《まつもとちづお》という弱視の男が「オウム神仙の会」を設立している。

その年の春は、喫茶店でもゲームセンターでも、どこにいってもポリスの「見つめていたい」が流れていた。愛するひとを「見守っていたい」という意味かと思ったら、独裁者による監視社会の歌だった。

ティーンズ雑誌が国会で取り上げられ、雑誌のひとつが休刊したことは、世間ではちょっ

雑誌を手に取ったのだ。

それまでなんの関心もなかったひとたちが、はじめてぼくたちの雑誌を手に取ったのだ。

そんな彼らがいちばん興味を示したのは、セックス関連の記事ではなく、読者投稿欄に載せたカンボジア難民の少女のやせ衰えた半裸の写真だった。イラストを描いてもらう予算がなく、仕方がないのでニュース写真から適当に選んだだけなのだが、左翼のひとたちは「志のある雑誌が権力の横暴によってつぶされた」と考えたのだ。

こうして、『噂の眞相』の編集長・岡留安則《おかどめやすのり》さんから電話がかかってきた（知らないひともいるかもしれないが、『噂の眞相』というのは有名な反権力のスキャンダル雑誌だった）。新宿三丁目の編集部に会いにいくと、岡留さんはぼくに「この出版弾圧をぜひ告発すべきだ」と力説した。

でもぼくは、正直いって、自分たちの雑誌が政治権力によってつぶされたとは思っていなかった。逆に三塚議員のことを恩人のようにも感じていた。なんといっても、あの地獄のような日々から救い出してくれたのだから。それも、「売れ行きが悪くて廃刊になった」という汚名を着せられることなく。

それでも、自分のささやかな体験を書いてみたい気持ちはあった。それで、権力批判ではなく、〝不良〟と呼ばれている女の子たちの話を書かせてもらうことにした。大人が気づいてないだけで、『an・an』や『non-no』に出てくる〝よい子〟たちだって、みんな生身の肉体と欲望をもっているんだよ、という話だ。

ティーンズ雑誌が国会で取り上げられるすこし前の自民党総務会で、タカ派で知られる藤《ふじ》尾《お》正行《まさゆき》総務会長が「（言論の自由に関して）制約があることは知っている。訴訟問題になっても不心得者を征伐《せいばつ》したい」と発言したという新聞記事を引いたあとで、「征伐」される者としてぼくはこんなふうに書いている。

少女向けの雑誌にセックス記事を載せてはならないという発想は、心情的には非常によく分かる。女の子は清純であってもらいたいし、結婚するまでは処女でいなければならない。性の情報からは、できるだけ隔離しておきたい。それは、差別主義者のごく健康的な発想である。

しかし、残念なことに〝清純な女の子〟などどこにもいなかった。自分が勝手につくりあげたイメージを他人に押しつけて、それが〝規格〟に合わないと言って怒るのではあまりにも大人気《おとなげ》ない。そんなことをしているから、いつまでたっても「性風俗の乱れ」などという貧しい言葉しか思い浮かばない。

女の子の〝性〟を現実化させる要因は、彼女とセックスすることを望んでいる男なのだということも、ついでに指摘しておこう。それに比べれば、雑誌の情報伝達力など微々たるものである。だから、本気で虚像を守ろうとするならばまず、すべての男を去勢することから始めなければならない。

どちらも、馬鹿馬鹿しいほど当たり前のことである。しかし問題は、この当たり前のことを当たり前に拒否してしまう人間が、あまりにも多いということにある。

たとえば、娘が自分に対して口をきいてくれないということに悩む父親がいるとする。彼は、その責任を自分以外になにかに押し付けたいと思う。『キャロットギャルズ』は、そんな父親のための格好のスケープゴートだった。

同じような意味で、教育臨調を語る中曽根という人にとっても、僕たちの雑誌は便利な自己正当化の道具だったのだろう。

彼らはその正当化の過程を〝自由と民主主義を愛する教育〟〝社会生活に必要な論理と道徳〟〝青少年の健全な育成〟などという訳の分からない言葉で隠蔽してしまう。そして隠蔽したこと自体を、忘れてしまう。すべての論理を超えてしまった〝論理〟がそのあとに誕生する。

「この雑誌を読んで実際に家出してしまう女の子だっているでしょう。あなたは、その責任をどうやってとるつもりなんですか」

ラジオ日本の藤井という記者から、こんなことを言われたことがある。

「僕の記事を読んで家出した子がいたとしても、それはひとつのきっかけにすぎません。その子には家出するだけの動機が、すでにあったはずです。その動機に関して言えば、僕には責任の取りようがありません」

そう答えると彼は、勝ち誇ったように言った。

「そうですか。責任は取れないとおっしゃるんですね」

自分を正義の使徒だと信じてコミュニケーションを拒否する人間に、どのように語ればよいのだろう。彼は、自分の価値観を疑うことを知らない。絶対の真理と正義と道徳を体現しているから、自分が理解したいことしか理解できない。そんな悲しい人たちに僕は、僕のいちばん好きな女の子の話を贈りたい。

そのあと、中学三年生の女の子の手記を紹介している。彼女は、お金がなくなるとヤクザのところに買春客を紹介してもらいに行き、新宿のディスコで声をかけてきた男のアパートに泊まって家出を繰り返していた。

この圧倒的なリアリティを、国会議員の語る〈青少年の倫理観〉や〈正しい性教育〉という、青ざめた概念に対置してみたい。それが、すべての批判に対する僕の答えだ。

――「落ちこぼれ雑誌『キャロットギャルズ』編集長の落ちこぼれ独白」『噂の眞相』一九八四年四月号（株式会社噂の眞相）

二十五歳になったばかりの頃に書いたこのかなり青臭い文章を三〇年ぶりに読み返して、いっていることがいまとほとんど変わらないことにあらためて驚いた。これはぼくがぜんぜん成長していないからかもしれないし、日本の社会がまったく変わっていないのかもしれない。おそらくは、その両方なのだろう。

そのすこしあと、中央線の電車に乗ったら、隣に座っていた若い男性が『噂の眞相』を読んでいた。彼が開いていたのがまさにぼくの記事だったので、びっくりしたのを覚えている。

それから四、五年たって、若い女性の編集者と会って名刺交換したら、いきなり「ティーンズ雑誌をつくってた方ですか」といわれて驚いたこともある。彼女は大学生のときに『噂の眞相』の記事を読んで、ぼくの名前を覚えていたのだ。

当時の記録によると、「追放キャンペーン」で連日のように新聞やテレビで紹介されたことで終刊号は完売した。『週刊新潮』『週刊文春』『週刊ポスト』『サンデー毎日』などから取材を受け、フジテレビとTBSのワイドショーからの出演依頼は断っている。そのかわり八四年三月に、映画監督の故・大島渚《なぎさ》さんといっしょに西日本放送に出た。福岡までの往復の航空運賃とホテルニューオータニの宿泊費を出してもらったからで、これがぼくにとって人生で唯一のテレビ出演だ。

『噂の眞相』が出てしばらくして、情報センター出版局の編集者から連絡があった。雑誌の原稿をふくらませて一冊の本にしないかというのだ。

情報センター出版局は当時、〝昭和軽薄体〟として一世を風靡した椎名誠《しいなまこと》さんの『哀愁の町に霧が降るのだ』や、「ニンゲンは犬に食われるほど自由だ」（インドで野犬に食われる屍《し》体《たい》の写真につけたコピー）で有名な藤原新也《ふじわらしんや》さんの『東京漂流』などベストセラーを連発する、いちばん勢いのある出版社だった。でもこの話は、けっきょく断ることにした。素人がママゴトのような雑誌をつくっただけの体験を本にするのは無理だと思ったのだ（いまでもこの判断は正しかったと思う）。

そのあとも青少年の非行問題に取り組む弁護士の会合に呼ばれて講演したり、教育問題の本に寄稿したりしたが、やがて〝事件〟は風化し忘れられていった。雑誌の休刊と同時に編集プロダクションも解散し、新しい生活が始まった。

1984
雨音は
ショパンの
調べ

バブルの足音が近づいてきていた

ティーンズ雑誌の編集長になったことで、子どもが生まれてから半年以上、ほとんど家には帰っていなかった。雑誌の仕事がなくなってひさしぶりにアパートに戻ると、妻が思いつめた顔で「わたしも働きたい」といった。そのためにゼロ歳児から預かってくれる保育園を近くに見つけたのだという。

これまでの生活を考えれば、ぼくがなにかをいえる立場ではなかった。妻もこの異常な状況から抜け出したいと必死に考えていたのだと思うと、申し訳ないとしかいいようがなかった。それで、子どもが保育園に入園すると（いまとちがって共働きは多くなく、あっさり受け入れが決まった）、平日五日のうちぼくが朝の送りを三回、夜の迎えを二回担当することにした。――子どもが小学校の学童保育に入ってからもずっとこのルールでやることになった。

子どもが通うことになった公立保育園は午前九時から午後五時が基本の保育時間で、送りか迎えのどちらかを一時間延長できた。午前八時に子どもを預けると午後五時に迎えにいかなくてはならず、午後六時まで預かってもらうなら午前九時に送りにいく決まりで、例外はいっさい認められなかった。

しかしそれ以上に大変だったのが、子どもが頻繁に熱を出すことだった。当時はもちろん携帯電話はなかったが、ポケベルが普及しはじめていた。ブザーが鳴って発信元の電話番号が表示されるだけの機械だが、相手が電話の近くにいないと連絡のとりようがなかったときから比べると画期的な発明だった。

ポケベルはお迎えをするほうが持つことにしていた。検温で三八度を超えると、保育園からポケベルに通知（お迎えコール）が入る。すると五分以内に（厳密に決められているわけではないがそんな雰囲気だった）保育園に電話を入れ、一時間以内に（こちらも明文化されているわけではないものの、一時間を超えると露骨に嫌な顔をされた）迎えにいかなくてはならない。

最初の頃は不安なので、お迎えの担当の日はずっとアパートにいて、おむつの洗濯をしたり（当時は布おむつが主流だった）野菜を煮込んで離乳食をつくったりしていた。そのうち慣れてくると近所まで出かけるようになったが、ベルトにはさんだポケベルが気になって三〇分以内に保育園に駆けつけられる範囲にしていた。

それでも家計が成り立っていたのは、電通の藤井さんのお陰だった。ぼくが失業したのを知ると、『アドバタイジング』の特集の仕事を優先的に回してくれるようになったのだ。たいていは企業経営者へのインタビューで、一時間ほど話を聞いてそれを原稿にまとめる仕事だ。

当時、インタビューの録音には小型のカセットレコーダーを使っていたが、ぼくはメモだけを使ってほとんど聞き直すことはなかった。短時間に大量の原稿を書かないと雑誌が出ない限界状況にいたせいで、そういうやり方が身についたのだ。

二四時間営業のファミリーレストランが東京じゅうのロードサイドにできはじめた頃だった。晩ごはんを食べて子どもが寝ると、近所に三軒あったファミレスを自転車で転々としながら朝まで原稿を書いて、封筒に入れて速達で送った。それだけで、親子三人が暮らしていくのにじゅうぶんなお金が銀行口座に振り込まれた。

仕事が次々と来たのは藤井さんの厚意というだけではなかった。ぼくはインタビューをまとめるのが上手かったらしく、ほとんど直しがなかったのだ。「あのうるさい広報から一発OKだなんて、はじめてだよ」と藤井さんは驚いた。

唯一、修正を求められたのは音響機器メーカーの社長インタビューで、きれいな関西弁だったのでそのまま原稿に起こしたら、広報部長から「標準語にしてくれないか」と電話がかかってきた。「関西弁のほうが魅力的ですよ」といったのだが、どうしてもと頼まれて書き直したのだ。

子どもが公立の保育園に入って驚いたのは、保育料が無料だったことだ。金額は世帯収入で決まるのだが、年収一二〇万円というのは最低基準を大幅に下回っていたのだ。やがて生活に余裕ができると風呂とトイレがあるアパートに引っ越して、保育料も払うようになった。

一カ月のうち一週間ほど働けばいいのだから、一転してものすごくヒマになった。夏になると、子どもを保育園に送ったあと、近くの市民プールに泳ぎにいった。そのあとは喫茶店で本を読んで、夕方になると子どもを迎えにいくという生活だ。当時は共働きの家庭でも母親が送り迎えをするのがふつうだったから、ぼくは珍しかったらしく保母さんやお母さんたちとも仲良くなった。

その頃、Ｉさんから電話がかかってきた。編集プロダクションが解散してからは、フリーで女性ファッション誌の編集をしていた。

「二週間くらいフランスに行って、旅行記を書く仕事やらない?」という。「ロワール川沿いの古城がホテルになっていて、そこに日本人の観光客を呼びたいからと、観光局と航空会社と旅行会社がスポンサーになってけっこうなお金が出ることになったんだ。テーマは古城とワインの旅で、カメラマンといっしょに城を五つくらい回って、写真撮って、フランス料理食べて帰ってくるだけなんだけど」

「楽しそうですね」ぼくはこたえた。「でも、保育園の送り迎えがあるからちょっと無理かなあ。やりたいひと、ほかにいくらでもいるでしょう」

「そこをなんとかならないかなあ」Iさんは困ったようにいった。「あちこち声をかけたんだけど、みんな面倒くさいって断られちゃって」

バブルの足音が近づいてきていた。

サラリーマンの人生を外国人に紹介する

子どもが一歳になって保育園も落ち着いてくると、もうちょっとちゃんと働こうという気になった。そんなときたまたま紹介されたのが渋谷にある翻訳会社で、大手旅行会社の出版部門からの依頼で外国人に日本を紹介するイラスト本のシリーズをつくっていた。日本の観光地や祭りなどの文化、日本人の生活や風俗などをテーマに原稿を書き、それを翻訳者が英語にしてイラストで図解するのだ。面白そうなので、やらせてもらうことにした。

いま手元に残っているなかでいちばん気に入っているのは「サラリーマン編」だ。「サラリーマンの外観」「サラリーマンの朝」から始まって、サラリーマンの人生、仕事、ライフスタイルなどが楽しいイラストで紹介されている。世界二位の経済大国になったという自負心と、「しょせん東洋の島国」という自虐がほどよい感じでブレンドされていて、いま読み返しても面白い。ぼくは大企業のサラリーマンのことなど知らないから、クライアントである旅行会社のひとを含め、みんなでわいわいいいながらつくった本だ。

こうしてできた原稿は、代々木上原の洒落たアパートに住んでいたイギリス人の翻訳者のところにもっていった。とても知的なひとで、日本人の女性と暮らし、下田《しもだ》に別荘と農園を借りて金曜日の踊り子号の最終で通っていた。こんな暮らしをしているひとがいるのかと驚いて、その洗練されたライフスタイルに憧れたが、彼のほうもこの仕事をとても楽しんでくれた。それまではメーカーのマニュアルなど技術翻訳ばかりで、飽き飽きしていたのだ。

ユダヤ系アメリカ人の若い女の子と友だちになったのもその頃だ。アメリカの大学で日本語を勉強して、翻訳の仕事の見習いのようなことをしていた。彼女から、欧米社会ではどれほどユダヤ人が差別されているかという話を聞いた。日本人は白人とユダヤ人の区別がつかないから、ものすごく楽なのだという。「自由の国」アメリカではみんな平等に暮らしていると思っていたから、びっくりしたことを憶えている。

翻訳会社の社長の平川《ひらかわ》さんは、早稲田の理工学部を出たあと、就職せずに友だちと見よう見真似で翻訳会社を立ち上げた。最初は六本木あたりで遊んでいる外国人をつかまえて翻訳者にしていたそうだが、ぼくが知り合ったときは渋谷にオフィスを構える立派な会社になっていた。イラストレーターの松下さんも同じ友だちグループで、大手デパートのデザイン部で働いていたが、やがてそこを辞めて翻訳会社に合流した。

平川さんといっしょに会社を共同創業したのは幼馴染の内田《うちだ》さんで、その後、哲学の道に進みたいと東大の大学院に入り直し、その頃は関西の女子大で講師をしていた。平川さんと内田さんは武道の仲間でもあり、平川さんは空手を、内田さんは合気道をやっていた。なぜこんなに詳しいかというと、会社のひとたちとの会話の端々に内田さんの名前が出てきたからだ。

わざわざ紹介する必要もないだろうけど、その後内田樹《たつる》さんは思想家・文筆家としてものすごく有名になる。平川克美《かつみ》さんもいまはビジネスから離れ、社会評論などたくさんの本を出している。

内田さんとはいちどだけ話をしたことがある。なにかの用事で東京に出てきて翻訳会社に立ち寄ったときで、平川さんが忙しかったので近くの喫茶店で二人で時間をつぶすことになった。ぼくは、そのとき読んでいたアメリカの文化人類学者グレゴリー・ベイトソンの『精神の生態学』の話をしたと思う。内田さんは素人臭いぼくの話に辛抱強くつき合って、とても丁寧な受け答えをしてくれた。武道家らしく、背筋がぴんと伸びているのが印象的だった。

東京の街がいちばん輝いて見えた

外国人にイラストで日本を紹介する英語の本をつくっていた翻訳会社が、旅行ガイドブックの制作を始めた。そのひとつがカナダ西海岸のガイドブックの改訂版で、現地に行って写真を撮り、情報をアップデイトすればいいだけだというので、やらせてもらうことにした。バンクーバーを取材したあと、飛行機でエドモントンとカルガリーに行き、そこでレンタカーを借りてカナディアンロッキーのバンフ、レイク・ルイーズ、ジャスパーと北上した。そこから平原に降りて、カムループスで一泊したあとフェリーでバンクーバー島の州都ヴィクトリアに渡り、最後はバンクーバー国際空港でレンタカーを返すという、いまならぜったいやらないような強行軍で、およそ一〇〇〇キロを一人で運転した。二度、スピード違反でパトカーに止められたが、「メーターがマイル表示だからわからなかった」と謝ったら、しようがないなあと許してもらえる牧歌的な時代だった。——カナダの距離表示は現在はメートル法に変わっているようだ。

ホテルは、ガイドブックを出版している大手旅行会社が手配してくれた。どこも最高級の五つ星ホテルで、おまけにスイートルームにアップグレードされていた。さらに驚いたことに、到着するとホテルの支配人や、現地の観光局のひとが挨拶にやってきた。その頃は、農協ツアーなど日本人の団体旅行の最盛期だったのだ。

カナダはとくに日本人に人気が高く、夏はもちろん、冬もスキー板を飛行機に積んだ若者たちが押し寄せた。高級ホテルや高級レストランは日本人の団体客でいっぱいで、カナダの観光業界は空前の好景気だったのだ。——中国人観光客が大挙してやってくる、いまの日本のインバウンド（爆買い）景気と同じだ。

当時のカナダ人は、アメリカ以外の外国に行ったことがほとんどないらしかった。パブで大学生のグループと仲良くなったが、日本の人口が一億で、東京には一〇〇〇万人が住んでいることを理解してもらえなくて苦労した。どれほど説明しても、「お前は数も計算できないのか」と笑われるのだ。

八〇年代後半のバブル最盛期になると、ニューヨークやパリ、ロンドンのブランドショップには日本人観光客が行列をつくり、流行の最先端を追い求めるひとたちからバカにされるようになる。彼らが目指したのはフィジーやニューカレドニアなどの〝トロピカル〟な南の島々（天国に一番近い島）で、抵抗と革命の歌だったボブ・マーリーのレゲエも、リゾートのビーチでマイタイ片手にくつろぐBGMになった。バリやプーケットなどの「アジア」が再発見されるのもこの頃だ。もっともぼくは仕事が忙しくなったので、こうした〝スノッブ〟な海外旅行とは縁遠かったのだけど。

翻訳会社のあった渋谷は、当時、もっともおしゃれな東京の街だった。堤清二《つつみせいじ》率いるセゾングループの全盛期で、パルコPART3がオープンし、テレビではウディ・アレンを起用した糸井重里の「おいしい生活」のCMが流れていた。

マイケル・ジャクソンの「スリラー」が世界を席巻したのは一九八二年で、「MTV（ミュージック・テレビジョン）」とそこで流されるPV（当時は「ビデオクリップ」と呼ばれた）がはじめて日本のテレビで紹介された。八三年にはシンディ・ローパーが「ガールズ・ジャスト・ワナ・ハヴ・ファン」で、八四年にはマドンナが「ライク・ア・ヴァージン」で大ヒットを飛ばした。イギリスの人気デュオ、ワム！がクリスマスソングの定番「ラスト・クリスマス」を出したのもこの年だ（世の中はグリコ・森永事件で大騒ぎしていた）。

だがぼくにとって、一九八四年の記憶は「雨音はショパンの調べ」という曲と結びついている。イタリア人の歌手ガゼボのヒット曲〝I Like Chopin〟を松任谷由実《まつとうやゆみ》が訳詩し、モデルとして活躍していた小林麻美《こばやしあさみ》が歌った。その頃は、ちょっと洒落た喫茶店ならどこもこのアンニュイな歌が流れていた。

ヒット曲のPVが繰り返しテレビで流されるようになったのは「スリラー」からで、日本の歌謡曲で本格的なPVをつくるのはまだ珍しかった。ところが「雨音はショパンの調べ」のPVはものすごく凝ったつくりで、映画のワンシーンのようだった。

それも当然で、このPVはロシアの映画監督アンドレイ・タルコフスキーの、公開されたばかりの映画『ノスタルジア』のシーンを忠実に再現していた。

主人公のロシア人作家がイタリアの田舎の古いホテルに立ち寄ると、部屋の中央にベッドがあって、左手に観音開きの窓、右手がバスルームで、ドアが開いて丸鏡のある洗面台が見えている。主人公が窓を開けると弱い光が差し込み、ベッドを中心に見事なシンメトリーの造形が生まれる。

窓の外は雨が降っていて、開け放たれた窓から雨滴が床を塗らしていく。疲れ果てた主人公がベッドに倒れ込むと、バスルームから大きな黒い犬が現われるという印象的なシーンだ。『惑星ソラリス』などで知られるタルコフスキーは、一部に熱狂的なファンがいるものの、ほとんど知られていないカルト的な映画監督だった。それにもかかわらず、歌謡曲のために、ひとつひとつの細かなシーンまでものすごくお金をかけてその特異な映像世界を再現していた（YouTubeで見ることができる）。

その後、日本は本格的なバブル景気に突入していくのだが、ぼくの記憶のなかでは東京の街がいちばん輝いて見えたのは八〇年代半ばだった。コンビニエンスストアやファミリーレストラン、レンタルビデオ店のアダルトビデオ、「楽しくなければテレビじゃない」というテレビ局が仕掛けた女子大生ブーム（オールナイトフジ）や素人アイドルブーム（夕やけニャンニャン）など、時代を象徴するコンテンツはほぼすべて出揃っていた（元祖SNSである伝言ダイヤルはまだなかった）。その思い出（ノスタルジア）は、渋谷や新宿、六本木の街の賑わいや、さまざまな映画や音楽、テレビ番組がないまぜになって構成されている。

精神病患者の座談会

アメリカの社会学者マーク・グラノヴェッターはハーバード大学博士課程在学中の一九七三年に、社会的成功にコネがどの程度有効なのを知るため、マサチューセッツ州ニュートンのホワイトカラーのビジネスマン（男性の専門職、技術者、管理職二八三人）に、どのようにしていまの仕事に就いたのかを訊いてみた。新聞の求人広告や民間の紹介機関を利用したり、直接履歴書を送ったひとを除くと、過半数の五六パーセントが知り合いを通じて仕事を見つけていた。

次に、「知り合いの実態」を質問すると、五五・六パーセントがその知り合いとは「ときどき会う」だけだとこたえ、二八パーセントは「めったに会わない」と回答した。頻繁に会う「友人」に仕事を紹介してもらったひとは一七パーセントに満たなかった。日本と同じくアメリカもコネ社会で、よい仕事に就くには強いコネが必要だと信じられていたため、この結果は大きな反響を呼んだ。

この結果についてグラノヴェッターは、強いつながりのある友人は似たような仕事をしていることが多いので、転職の相談をされても同じような仕事しか紹介できないのだと説明している。それに対して弱いつながりしかない（疎遠な）友人は、自分と異なる世界に暮らしていることが多いので、新しい可能性を教えてくれるのだ。

しかしぼくは、そういうことはあるとしても、ほんとうの理由は別にあると思っている。

マクドナルドのスーパーバイザーだったカネコさんが、就職活動を放棄していたダメ学生をリクルートしようと思ったのは、知り合いですらない赤の他人だったからだ。強いつながり（コネ）で強引な人事をすると、その結果に責任を取らなくてはならない。それに対して、「バイト先に面白そうなのがいたから拾ってきた」という程度なら、ぼくが使いものにならなくても誰もカネコさんの責任だとは思わないだろうし、もし高い能力を発揮すれば（間違いなくそれはないけど）「あいつはひとを見る目がある」と社内で株が上がる。よく知らないひとのほうが気楽に紹介できるのは、それが「負けないギャンブル」だからだ。

これが「弱いつながりの強さ」だが、ぼくにとってのそれは一本の電話だった。

「君、雑誌つくってたことあるんでしょ」と、彼女はいった。「うちで編集者探しているんだけど、話聞きに来ない？」

そういわれたものの、ぼくは彼女が誰だかわからなかった。編集者仲間で飲みにいったときにどこかで話をしたことがあるらしいが、まったく記憶にない。もちろん彼女のほうも、ぼくのことはほとんど知らなかった。会議で「スタッフの頭数が足りない」という話になり、たまたま飲み屋で会ったフリーの編集者のことを思い出して、軽い気持ちで電話をくれたのだ。

こうしてぼくは、石井《いしい》慎二《しんじ》さんの面接を受けることになった。石井さんは当時四十代半ばだったが、『ホール・アース・カタログ』のようなアメリカ西海岸のヒッピーカルチャーをいちはやく取り入れ、「知識を道具に」というコンセプトで斬新なムックをつくっている有名（というよりもカルト的な人気のある）編集者だった——二〇一〇年に惜しくも六十八歳の若さで亡くなった。

そんな石井さんがぼくに興味を持ったのは編集者としての経歴ではなく、大学時代にはまったポモだった。『構造と力』（浅田彰《あさだあきら》）が思想書としては異例のベストセラーになったことで「ポストモダン」が流行語になり、フーコーとかデリダとかドゥルーズとかの名前を知っているだけでとりあえず使いものになると思われたのだ。

それから一〇年間、ぼくは石井さんの下でいろいろなムックをつくることになるのだが、そのなかでも思い出に残っているのは最初に手がけた本だ。

「精神病」をテーマに選んだのは、心理学や精神分析学の難しい話ではなく、精神病の「現場」がどのようになっているのかを知りたいとずっと思っていたからだ。

そこで考えた企画のひとつが、統合失調症(当時は精神分裂病といった)の患者の座談会だった。なぜこんなことを思いついたかというと、篠原くんがこの病気で入院した経験があったからだ。

日雇いの仕事をやめてぼくたちの雑誌でライターをしていた篠原くんは、雑誌が廃刊になると、「編集経験者」の肩書きをつかって〝エロ本〟と呼ばれていた成人向け雑誌の仕事を見つけてきた。編集部の近くで会ったら、「印刷所の出張校正に辞書をもっていったら大笑いされた」とぼやいていた。エロ本の校正とは、裸の女性の胸や尻など、読者が求める部分がちゃんと見えるようになっているかを確認することなのだという。

八〇年代のアイドルブームに便乗しようと出版社がアイドル雑誌を創刊すると(AKB48の源流となる、十代の少女のアイドルグループ「おニャン子クラブ」がヒットチャートを席巻していた)、篠原くんはその編集部に移って、ぼくに原稿を書かないかといってきた。残念ながらその雑誌は三号でつぶれてしまったけれど。

篠原くんに企画を話すと、ぜひやりたいというので、精神病院を退院したばかりの患者さんと三人で座談会をやることにした。

そのときはじめて知ったのだけど、篠原くんの発病のきっかけは、留年したことを母親に告げてひどく泣かれたからだった。いつも学ランを着て硬派そのものだった篠原くんは、大阪の貧しい母子家庭で育ち、お母さんから溺愛されていたのだ。

彼の話によると、発病までの経緯は次のようなものだ。

留年が決まった頃から小さなことが気になるようになり、髪の毛が額から禿《は》げ上がって坊主になってしまうと悩んで毎日鏡ばかり見ていた。何を食べても吐き、下痢をし、眠れなくなり、話をしたくても言葉が出なくなった。苦しさに耐えられなくなって友だちに電話したら、彼の母親が看護師をしていて、その様子に驚いて「明日、病院に行こう」といってくれた。翌朝、篠原くんはハサミを手首に突き刺した。

近くの外科病院に入院すると、驚いた母親が大阪からやってきて、朝から夜の八時までずっと看病してくれた。するとこんどは、母親を殴り殺してしまうという妄想に取りつかれ、自分から神経科への転院を求めたのだという。

精神病院では、大量の薬を飲んで日々が過ぎていった。退院を希望すると、自殺する危険性が高いと医者が強く反対した。それを押し切ったのはお母さんで、病院で生きながら死んでいるような息子を見て、「こんなところにいたら駄目になってしまう。自殺したっていいから出してくれ」と退院の手続きをとった。

日雇いの仕事をするようになった篠原くんは、そこで三回も自殺未遂をして精神病院に入院したのに明るく生きている先輩と出会って救われたのだという。その先輩は、恋人に振られた絶望で橋から身を投げたら冬で川に水がなく、おまけにインターハイの水泳選手だったので川でも海でも溺れるはずはなかったのだ。——ぼくも紹介されて何度かいっしょに飲んだことがあるが、ものすごくパワフルなひとだった。

自分よりずっときびしい状況でもこんなふうに生きられるんだと知った篠原くんはすこしずつ日常に復帰し、そんな頃ぼくと再会したのだ。

篠原くんは、自分にとっての精神病院体験を次のように語っている。

僕の場合、本当の自分をショッキングなかたちでみつめさせられたというのが、あの時期でした。自分がいかに弱い人間であるかを思い知らされましたから。でも、あの体験があったからこそいい格好をしなくなった、素直になれたのかも知れません。「まぁいいや」って感じなんですけど、とにかく今は楽に生きてます。

金が儲からないとか、偉くなれないとかいろいろ言われるけど、そういう人間なんだから仕方ありませんよね。いいかげんにやってもけっこう世の中、生きていけるもんだなぁって今は思ってます。

——『別冊宝島53　精神病を知る本』(宝島社)

この座談会が思い出深いもうひとつの理由は、原稿をまとめることになっていた篠原くんが録音に失敗したからだ（当時はよくあった）。仕方がないので、メモと記憶で二時間ほどの座談会を再現した。ぼくにとってはいつもやっていたことだが、篠原くんはほんとうにびっくりしていた。その頃の記憶力は、いまではまったくなくなってしまったけど。

友だちを失い、ぼくはほんのすこし「大人」になった

四ツ谷の出版社で働きはじめたとき、ぼくはフリーランスの編集者だった。これはいまでいう契約社員とはちがって、なんの契約もない口約束のスタッフのことだが、社員と同じように会社の名刺をもって仕事をしていた。当時の中小の出版社ではこれは珍しいことではなく、編集部のなかで社員とフリーの区別など誰も気にしなかった。

仕事に慣れてからも社員にならなかったのは、保育園の送り迎えがあったからだ。

午前一〇時に出社するには朝の九時に子どもを保育園に連れて行けばいいのだが、迎えにいくのが午後六時なので、夕方五時には会社を出なくてはならない。その頃の公立保育園は、一〇時~六時の仕事ができるようにはなっていなかった。

しかしそれより問題なのは、お迎えコールだった。会議中でも、ポケベルが鳴ると慌てて電話まで走り、「すみません。子どもが熱を出したので」といって帰ってしまうのだから、社員として働くのは無理だったのだ。ワーク・ライフ・バランスが叫ばれる現在でもそうとう変則的な働き方だろうが、当時の出版業界には面白いひとがたくさんいたから、変わり者の一人と思われていて、不利な扱いをされたり、文句をいわれるようなことはまったくなか

った。売れる本さえつくればいいのだから、とても公平《フェア》だったと思う。

その頃、会社で大きな人事異動があって編集部の人数が増えた。他部署から移ってきたひとたちの相談に乗っていたらいつのまにか上司のような役回りをするようになって、その結果、会社とはなんの関係もないフリーランスなのに社員の部下が何人もできた。ベンチャー企業だからこんなことも許されたのだろうが、これは当時でも珍しかったと思う。

ぼくたちがつくっていたムックは、最初は流行に敏感な一部の若者が知っているだけだったが、その頃には全国の書店にコーナーができるまでになっていた。

八〇年代は出版業がいちばん勢いがあった時代で、大手出版社の新雑誌創刊はひとつの「事件」だった――いまは誰も気にもとめないだろうけど。任天堂の「スーパーマリオ」が爆発的にヒットして社会現象になったのは一九八五年で、そこから続々とゲーム雑誌と攻略本がつくられた。通勤電車のなかではみんなマンガや週刊誌、ビジネス書や文庫本を読んでいたし、「アイドルブーム」や「サブカルブーム」も雑誌が牽引《けんいん》していた。インターネットでみんながやっているようなことが、ぜんぶ「出版」の領域だったのだ。

そんな恵まれた環境のなかで、「本はつくれば売れるもの」という感覚で仕事をしていた。出来高制だったので、つくった本が売れればそのぶんだけ編集印税が入ってきた。妻の収入を合わせると年収は一〇〇〇万円を超え、西荻窪の住宅街に一戸建ての家を借りた。

自分で企画して本をつくるのだから、面白そうなひとにはほとんど会うことができた。のちに総理大臣になる政治家から大物フィクサーまでさまざまだが、いちばん印象に残っているのは、大阪・西成《にしなり》のヤクザの事務所だろうか。組員のひとに（日雇い労働者が集まる）三角公園や飛田《とびた》の遊郭を案内してもらった。組事務所の玄関を開けると、ドアの裏側に鉄板が張られていた。――最近、大阪に行く機会があったので西成を訪ねてみたが、かつての組事務所は外観は変わらないものの、ふつうの住宅になっていた。

子どもが小学校にあがると、学童保育が始まった。共働きの家庭のために夕方まで子どもを預かってくれる制度で、施設やスタッフは自治体が提供するが運営には親が積極的にかかわるというのが原則だった。

いまはだいぶ変わったのだろうが、その頃は東京都内の公立小学校でも専業主婦が圧倒的で、共働きは「特別な事情がある家庭」と見られていた。それがかえって親同士の結束をかたくして、お祭りや遠足などをみんなで企画して盛り上がった。それまでぼくの交友関係はかなり偏っていたから、学童クラブの活動に参加したことでいろいろなひとと知り合えたのはとてもいい経験になった。

その当時は共働きでも、妻が先に帰って家事や育児をするのが当然とされていた（いまもそうかもしれない)。ぼくたちのように、夫がお迎えの日は妻が深夜まで外で働いている家庭はほとんどなく、知り合いの女性編集者から夫婦で本を書かないかと誘われたことがあった。

日本の家庭では、子どもが生まれると夫婦はお互いに「パパ」「ママ」と呼び合うようになる。ぼくたちは、子どもを基準に関係を固定するのはおかしいと思っていたので、お互いを名前で呼んでいた。そうしたら息子は、ものごころついたときからぼくの名前を呼び捨てにするようになった(母親は名前に「さん」をつけていた)。そんな家族関係も珍しかったのだろう。その申し出を断ってよかったのは、いろいろあって、子どもが中学にあがるのを機に妻とは別々の人生を歩むことになったからだ。

子どもはぼくのところに残ったので父子家庭になり、これは母子家庭よりもっと珍しかった。とはいえ、もう子育てに手がかかることもなく、生活が大きく変わったということはない。いちばん驚いたのは、年末調整のときに寡婦控除ならぬ寡夫控除という項目があるのを知ったことだ。

その頃は公立中学が荒れていて、学童クラブの親たちも、悩みながらも子どもを私立に入れることが多かった。その影響を受けて中学受験をさせたら、お坊ちゃん、お嬢さまの通う吉祥寺《きちじょうじ》の中高一貫校に受かった。

入学式のあと保護者が集まる会があって、「うちは父子家庭ですがよろしくお願いします」と挨拶した。

私立学校はPTAなど親同士のつき合いが大変だと聞いていたが、そのあとは役員の話はもちろんクラスの連絡の類もほとんどなかった。排除されたということではなく、まわりのお母さんたちがぼくの代わりにぜんぶやってくれていたらしい。それが代々引き継がれて、高校までの六年間、学校やPTAのことはなにひとつ知らないままだった。――あとから振り返ればいろいろ迷惑をかけて申し訳なかった。

この本を書くときに、息子に父子家庭で嫌なことがなかったか訊いたら、「いまどきそんなこと気にする友だちがいるわけないじゃん」とのことだった。彼にとっては、学生時代では中学と高校がいちばん楽しかったのだそうだ。

もっともこれは、男女の役割分担がはっきりした日本社会だからで、母子家庭ならこうはいかなかっただろう。クラスのお母さんたちは父子家庭など見たことがなく、どう扱えばいいかわからなかった。ぼくのほうも〝ママ友〟のコミュニティに入る気などまったくなかったから、双方の事情がかみあって大過なく日々が過ぎていったのだ。

ここまでぼくの記憶のなかの物語を書いてきたが、そこにははっきりと断層線が引かれている。でもそれは、とても些細な出来事だ。

篠原くんは出版社に勤める女の子とつき合うようになって、ぼくたちの家にも遊びにくるようになり、しばらくは家族ぐるみのつき合いがつづいた。ところがその後、彼女と別れて生活が荒れはじめた。酔ったときはとくにひどくて、同じ恨み言をえんえんと繰り返す。職場でも問題になったらしく、人間関係のトラブルから会社を辞めて日雇いの仕事に戻ることになった。

その頃、篠原くんに呼ばれてひさしぶりに飲みにいった。最初は互いの近況などあたりさわりのない話をしていたが、やがて別れた彼女（とてもやさしい女の子だった）の悪口を大声でいうようになったので居酒屋を出た。

篠原くんはかなり酔っていて、家までタクシーで帰るという。彼はお金をまったくもっていなかったので、千円札を何枚か渡そうとした。

彼はぼくの手をはねのけて、「そんなのいらないよ」といった。「タクシーはタダで乗れるんだ」

篠原くんのアパートの近くにマンションがあって、そこは玄関から入るとそのまま裏口に抜けられるのだという。タクシーの運転手に「もちあわせがないので家に寄って取ってくる」と告げ、マンションの裏口からそのままアパートに帰ればいいのだと、篠原くんは得々と話した。

「この方法だと、新宿でも横浜でも、どこからタクシーに乗ってもぜんぶタダなんだ」

それ以来、彼に連絡することはなかった。だからこのときが、篠原くんと会った最後になった。

友だちを失い、ぼくはほんのすこし「大人」になった。

1985-1995
DEPARTURES

出版差し止め仮処分事件

四ツ谷の上智大学の裏手にあった出版社には一〇年ほど在籍して、いろいろな本をつくった。編集者のキャリアとしてはいちばん長いが、その話をいちいち書く気にならないのは、それがぼくにとって「仕事」だったからだろう。本の評価は読者がすればいいのであって、わざわざつくり手が説明する必要などない。

とはいえ、そんななかでも記憶に残っている出来事がいくつかある。

フリーランスとして編集部に出入りするようになったのは二十五歳のときだが、若い会社だったので、まわりもみんな同年代だった。社長もまだ四十代で、三十代の社員はほとんどいなかったから、会社に行くのも大学のサークルに行くのとあまり変わらない感覚だった。

仕事が面白かったいちばんの理由は、本が売れたからだ。いまでは書籍の返品率は四割に達し、ごく少数の本しか重版がかからなくなってしまったが、その頃は初版のまま増刷できないというのは大失敗で、返品率が二〇パーセントを超えると営業部から怒られた。

「バブルの時代」を回顧するときは、六本木のディスコや銀座のクラブ、地上げや株の話になることが多いが、いまの時代とのいちばんのちがいは、「頑張って働けば結果が出る」という体験ではないだろうか。市場が縮小していくなかでは、どれほど働いても成功はまれで、やがて仕事は長時間の苦役になってしまう。

最初は五人だった編集部も、どんどんスタッフが増えてビルのワンフロアを占めるまでになった。そのなかには、いまは映画評論家として活躍している町山智浩《まちやまともひろ》くんがいたし、のちに鶴見済《つるみわたる》くんは『完全自殺マニュアル』、辰巳《たつみ》渚さんは『「捨てる！」技術』でミリオンセラーを出すことになる。——それ以外にも転職後にミリオンセラーをつくった編集者が三人もいたから、いま思うと「錚々《そうそう》たるメンバー」ということになるのだろうが、当時はどの出版社も似たようなものだと思っていた。

町山くんは月刊『宝島』の有名編集者で、そのあとぼくたちの編集部に移ってきたのだが、当時から飛び抜けた才能でベストセラーをいくつもつくった。でもいちばん覚えているのは、子どもを保育園に迎えにいったあと、仕事が終わらなくて子連れで会社に戻ったときのことだ。息子が小学校三年生くらいのときだと思うけど、町山くんはゲーム雑誌の編集部に連れて行っていっしょに遊んでくれた。それが夢のような時間だったらしく、それからしばらくのあいだ「学校じゃなくて会社に行きたい」といって親を困らせた。

「お前、ヒマそうだからこれやってみないか」と石井さんから紙袋を渡されたのは、一九八九年の正月明けのことだ。ある県の私立学校を退職した元教師から送られた原稿で、理事長一族が学園を私物化していると告発していた。

最初は、こんな話が本になるのかと思った。すくなくとも、その県の関係者や親以外はなんの興味ももたないだろう。

それでもいちおう、新聞社の知り合いに東北の支局を紹介してもらった。著者に会うついでに寄ってみようと思ったのだ。

こんな原稿が手元にあるという話をすると、支局長は「ほんとですか」と目の色を変えた。その学園は地元ではものすごく大きな影響力をもっていて、おまけに今年は春の選抜高校野球大会への出場が決まっているから、そんなスキャンダルが出れば地元では大騒ぎになるのは間違いないというのだ。

それを聞いて、やってみようという気になった。軽い気持ちで始めたのだが、のちにこれがとんでもない事件を引き起こすことになる。

トラブルのきっかけは、学園に本の出版を知られたことだった。おまけに学園は、ほぼ完全なゲラ（印刷前の校正刷り）をもっていた。それにもとづいて、事実無根の名誉毀損だとして東京地裁に出版差し止めの仮処分を申し立てたのだ。

これは出版の常識ではあり得ないことだが、いま考えてもなぜそんなことになったのかまったく記憶がない。ということは、みんなが驚くような異常なことが起きたわけではない、ということだ。考えられるのは、仮処分の申し立て後に裁判所からゲラの提出を求められたか、著者が関係者に見せたゲラが学園側に渡ったことくらいだが、これによって事態はいきなり緊迫した。本はまだ印刷中で、出版を差し止められればこれまでの努力はすべて無駄になってしまうのだ。

仮処分が申し立てられると、裁判所は双方から事情を聞く審尋《しんじん》を行なう。これは法廷ではなく会議室のようなところが使われるのだが、裁判所も重要な事件だと判断したようで裁判官三人による合議制にするという。これは仮処分としてはきわめて異例のことだった。

出版差し止めの仮処分の目的は本が書店に並ぶのを止めることだから、裁判所も悠長に審理しているわけにはいかない。審尋は連日開かれ、いまにも差し止め命令が出るかもしれないという状況になった。学園側はゲラをもっており、大手法律事務所を使ってありとあらゆる箇所が名誉毀損だと主張し、事実であることを証明しろと迫ったのだ。

審尋には石井さんと会社の弁護士が出席し、ぼくは著者といっしょに飯田橋の旅館で待機していた。学園側から大量の書面が出されるので、翌日の審尋までにそれにすべて反論しなければならない。仮処分ではこの書面を「疎明《そめい》」というが、これは事態の緊急性にともない、おおよその主張がわかればいいとされている。裁判所としては原告の利益をとりあえず守ったうえで、あとは本訴で決着をつければいいのだから、制度上、仮処分は訴えられた側がかなり不利なのだ。

ぼくはそのときまで仮処分がなんなのかまったく知らなかったが、出版後に名誉毀損で訴えられる可能性があることは理解していた。そのためできるかぎり裏づけをとり、あいまいな記述は削除していたが、事情を知っているのは著者とぼくしかいないのだから、山のように質問書を積み上げられたのではとてもすべてにこたえることはできない。重要と思われるところはできるだけ反論したものの、内部文書にアクセスできるわけもなく、わずか四、五枚の書面にしかならなかった。

しかし翌日の審尋の場で、石井さんは見事な反論をした。「公益のために内部告発した人間が、すべての事実を自ら証明しなければならないというのはそもそもルールが間違っている。もし裁判所がそんな判断をすれば、今後、不正を糾《ただ》すために告発する人間はこの国に二度と現われないだろう」と石井さんはいった。

これで形勢は一気に逆転した。裁判官は、証拠があるものだけでなく、著者が体験したことも名誉毀損とは見なさないことにしたのだ。——二〇〇四年に公益通報者保護法が制定されるが、そこでは内部告発が「真実で」「公共性があり」「公益目的で」「手段が正当である」なら違法性を問わず、正当行為として免責するとされた。この公益通報の法理は、まさにこの裁判（仮処分）で確立したのだ。

しかしそれでも、一カ所だけ問題が残った。理事長に愛人がいるとの記述で、裁判官はこれを伝聞であり、公益性があるともいえないと指摘したのだ。

理事長の愛人の存在は誰もが知っている周知のことで、おそらく事実なのだろうが、それを客観的に証明することは、二人でラブホテルに入る写真でもないかぎり不可能だ。だとしたら、これを理由に明日にでも出版差し止めの仮処分が出てしまうかもしれない。

「やっぱりダメなのか」という沈鬱な雰囲気のなかで、「でも、なんかヘンなんですよ」と弁護士がいった。「裁判所がなんどもなんども、〝本はいまどういう状態ですか〟って質問するんです」

そのときは、出荷前の最終工程である製本段階だった。できあがった本は取次という本や雑誌の問屋に送られ、そこから全国の書店に配本されることになる。

弁護士の話を聞いて、「もしかしたら、裁判所は本が書店に並んでから仮処分を出したいんじゃないのか」と思いついた。

じつはそのときには、学園が出版差し止めの仮処分を申し立てたことは地元では大きなニュースになっていて、新聞は連日報じていた。そんななか、本が書店に並ばないということになれば、裁判所は「表現の自由の弾圧」との批判を受けるのは避けられない。そもそも裁判所自身が、学園が地元の教育界に大きな影響力をもち、著者の告発が公益を目的とするものだと認めているのだ。

しかしだからといって、名誉毀損に該当する記述があるのに、原告の申し立てを却下することもできない。だとしたら、裁判所にとっていちばん望ましいのは、名誉毀損との原告の主張を認めつつも、本が読者の手に入ることなのだ。

ぼくは慌てて印刷所に走った。

印刷所のひとは、難しい法律の話は理解できなかっただろうが、ぼくが血相を変えてやってきたことで、とにかく本を出荷しないと大変なことになると思ったようだ。その日の夜に電話すると、「ほかの作業はぜんぶ後回しにして、経理や総務まで総動員して徹夜でやってます」との返事だった。そして翌日の朝には本はすべてできあがり、トラックに積み込まれて取次に向かったのだ。

その日の審尋の場で、裁判官は真っ先に「本はどうなっていますか」と訊いた。弁護士が「もう取次に入りました」とこたえると、そこではじめて出版差し止めの仮処分が命じられた。

出版物が発売前に差し止められるというのはめったにあることではないから、この処分は全国紙やＮＨＫでも報じられ、地元紙にいたっては一面トップのニュースになった。しかしそのときには、本は続々と書店に届きつつあった。

日本の出版流通は返品自由の委託販売で本の所有権の扱いにはあいまいな部分があるが、いったん本が出版社の手を離れれば、売るか売らないかは書店の判断ということになっている。

このようにして、新聞では出版が差し止められたと大々的に報じられ、書店に行くとその本が並んでいる、という奇妙な状況が生じた。

翌朝、会社に行くと営業部長から内線電話がかかってきた。

「たいへんだよ」と、営業部長は興奮していった。「東北の本屋からものすごい数の注文が来てるんだ。『少年ジャンプ』より売れてるっていってるぞ」

最後にすこし後日談を。

本が出版されると著者には取材依頼が殺到し、県庁の記者クラブで共同記者会見が開かれることになった。ぼくは担当編集者としてその場に同席し、仮処分についての見解を述べた。

ところがそのときぼくはまだ口約束のフリーランスで、出版社とはなんの契約も結んでいなかった(要するに赤の他人だ)。記者会見の新聞記事を見てそのことに気づいたのは総務部長で、その場で社長に呼び出されて「どういうつもりだ」と怒られた。

こうしてぼくは正社員になった。三十歳のときだ。

徹夜で製本作業をしてくれた印刷屋さんには、しばらくして挨拶にいった。迷惑をかけたことを詫びると、担当のひとは「そんなことないですよ」と笑顔でいった。「あんな面白い仕事はなかったって、みんな喜んでますよ」

「士農工商」はなぜ差別語になるのか？

ある日、ぼくが担当した本についての質問書が届いた。差出人は解放出版社というところで、差別をなくすための啓蒙活動を行なっている団体だった。

手紙の内容は、ぼくのつくった本のなかに差別表現があるというものだった。それはテレビ局の制作現場についての記事で、制作プロダクションのディレクターが、アシスタントディレクターの劣悪な労働環境を、「士農工商犬猫ＡＤ」というテレビ業界内の隠語を交えて紹介していた。

いまから四半世紀も前のことで、もう状況は変わっているかもしれないが、その当時は「士農工商」という江戸時代の身分制を比喩として使用することは、階級社会の最下層に追いやられたひとびとへの差別を類推させ、助長するものと考えられていた。それで、どのような意図でこのような表現を使ったのか、説明してほしいという文面だった。

ずいぶんむかしの話だし、その内容はここでの本題ではないのだけれど、ぼくは解放出版社のＫさん宛に次のような意見を書き送った。

本人の意思とは無関係な出自を理由とした差別は、市民の平等を定めた近代社会ではいかなる理由でも正当化できないが、だからといって「士農工商」の四文字に部落差別の意図が含まれているとはいえない。言葉の意味は個々の文字や単語ではなく、文脈（コンテキスト）によって決まるからだ。そして文脈上、プロデューサー、ディレクター、ADの階層構造の比喩であることが明らかな「士農工商犬猫AD」という表現を、部落差別に結びつけるのは明らかに論理の飛躍がある……。

当時はぼくも二十代後半でまだ青かったから、ソシュール言語学なんかを引用しながらずいぶん長い文章を書いた記憶がある。そんなものを受け取ったKさんもさぞ迷惑だっただろう。

手紙を送ってから三日ほどして、Kさんから電話があった。ぼくの反論をなんども読んでみたけれど、納得はできなかったという。それでも、手紙をもらってとてもうれしかったといわれた。ぼくはそのときは、なんのことかよくわからなかった。

それから、神保町《じんぼうちょう》にある解放出版社にKさんを訪ねた。いまでも申し訳なく思っているのだけれど、Kさんはぼくの反論を理解するためにソシュールの本を読みはじめたといった。じつはぼくは、ソシュールの『一般言語学講義』は難しすぎて、図書館で背表紙を眺めただけで放り出してしまったのだ。

Kさんはそれまで一〇年以上にわたって、反差別の啓蒙活動の一環として、新聞や雑誌・

書籍の「差別表現」を指摘してきた。日本の新聞社や大手出版社のほぼすべてに、ぼくと同じ内容の手紙を送ったという。

それなのに、Kさんはこれまでほとんど返事を受け取ったことがなかった。Kさんから手紙が来ると、みんなは本や雑誌を書店から回収したり、断裁処分の証明書を持ってきたり、謝罪文を載せたりしたのだ。

「私たちはいつも、〝あなたの意見を聞かせてください〟とお願いしてきました」と、Kさんはいった。「それなのに、まともな反論をもらったのははじめてなんですよ」


差別問題はメディアにかかわる者、とりわけ文章を書く者にとっては避けることができないが、ぼくは差別された体験があるわけでもなく、専門家でもないので、自分が見聞きした範囲で思うところを述べてみたい。

大前提として、すべての個人が生まれながらにして普遍的な人権をもつという近代のパラダイム（枠組み）が、自由な社会の礎石になるとぼくは考えている。本人の意思や努力ではどうしようもないもの――人種や国籍、性別、性的指向、身体的・精神的障がい、そしてもちろん出自も――を理由としたいかなる差別も許されないのは当然のことだ。

これは当たり前のようだけれど、歴史や伝統を重視する保守派のひとのなかには、個人の自由よりも共同体の暗黙のルールを尊重すべきだと考えるひとがたくさんいる。ぼくの政治的立場は共同体よりも個人の自由な選択を優先すべきだという「リベラル」だから、「共同体主義者（コミュニタリアン）」のひとたちとはまったく話が合わないだろう（詳しくは「ハーバード白熱教室」で知られるマイケル・サンデルの『これからの「正義」の話をしよう』などを読んでほしい）。

しかしだからといって、日本で「リベラル」とされているひとたちの、他人が嫌がることは「言ってはいけない」という主張に同意することはできない。

「身長や体重と同じように知能も遺伝する」ということは、これまでずっとメディアではタブーだった。しかし一九七〇年代以降、一卵性双生児と二卵性双生児を比較することで遺伝率を統計的に計測する方法が学問的に確立し、膨大なデータが集められたことで、一般知能（IQ）の遺伝率が七七パーセントと、世間で思われているよりもずっと高いことが明らかになった。――これがどのような数字かは、身長の遺伝率が六六パーセント、体重の遺伝率が七四パーセントであることから推測できるだろう（詳しくは拙著『言ってはいけない』新潮新書）。

行動遺伝学の研究結果にもとづいて、「頭の良し悪しのかなりの部分は生得的に決まっている」とか、「いくら努力しても勉強のできない子どもはいる」と述べることは、一部の親や子どもを傷つけ、「学歴差別」を助長することになるかもしれない。しかしだからといって、この学問的事実を隠蔽し、「努力すれば誰でも（ビリギャルのように）一流大学に入れる」と口裏を合わせていれば、知能や学歴による差別はなくなるのだろうか。

そんなことにならないのは、すこし考えれば誰でもわかるだろう。

「努力すれば逆上がりができる」とみんなが信じているなら、逆上がりができないのは努力が足りないからだ、ということになる。このような社会では、子どもがどれほど泣き叫ぼうが、肉刺《まめ》がつぶれててのひらが血だらけになろうが、鉄棒に向かわせ叱咤《しった》激励するのが「正しい」教育になる。

同様に、「努力によって知能は向上する」という教育幻想が蔓延《まんえん》した社会では、勉強ができないのは（親と子の）自己責任にならざるを得ない。なぜなら、努力すれば勉強はできるはずなのだから。

このように遺伝の影響を否定することは、いっけん親切なように見えても、じつはものすごく残酷なのだ。

だとしたらぼくたちは、エビデンス（証拠）のある研究結果から目を背けるのではなく、不都合な事実を受け入れたうえで、すこしでもマシな社会をつくっていくよう努力するしかない。これがぼくの基本的な立場だと断ったうえで、テレビ業界の「士農工商犬猫ＡＤ」の話をもういちど考えてみたい。

まず、「士農工商」を比喩として使うことがなぜ差別につながるのかの主張を見ておきたい。それは次のように説明される。

これまで「士農工商○○」という表現に対して抗議された事例は、数十件以上ある。「士農工商・編集者」「士農工商・広告代理店」という表現が圧倒的に多い。社会的に立場の弱い、疎外されている自己を自嘲的にあらわす「士農工商○○」という比喩は、封建的賤視観念、つまり「部落および部落出身者は蔑視される存在」という世間の差別的社会通念を前提とした表現として、強く抗議されている。

いっぽうで、「この表現は差別表現なのではなく、たんに順位・序列を意味しているだけで差別的意図はない」と主張するメディア関係者もいる。しかし、たんなる順位をしめすというだけなら、たとえば「上・中・下、その下が○○ですよ」という抽象的表現、または華族の序列を表す「公・侯・伯・子・男・その下が○○」という表現を使用してもよいはずだ。ところが、そのような表現例は過去に一度もなく、すべてが「士農工商○○」と表現されてきた。つまり、「士農工商○○」を使用して表現するところに、隠喩《メタファー》としての社会的意味があるわけなのだ。

たとえば、社会制度や文化が異なる外国では、「士農工商・それ以下の人間ですよ」という表現は存在しない。というのは、この表現は、あくまでこうした身分制差別社会の歴史を引きずり、部落差別が存在する日本社会でしか意味をなさないからだ。つまり、被差別部落、あるいはその出身者に対する歴史的・伝統的な差別観念が社会意識として存在している現実を前提としないかぎり、成り立ちえない表現なのである。

したがって、「士農工商」の後に、なにかをつづける表現は、発言者・執筆者が意識する、しないにかかわらず、「○○はもっともおとしめられてきた『穢多《えた》・非人』と同じだ」と揶揄《やゆ》するものにほかならない。さらに、このような比喩が、放送や活字で流され、視聴者が受け入れていくことを通じて、部落差別意識は温存され強化されていくわけだ。

――小林健治『部落解放同盟「糾弾」史』（ちくま新書）

だが四半世紀前にこの主張を知っていたとしても、ぼくは納得しなかっただろう。なぜならテレビの制作現場を語ったディレクターは、ＡＤの地位を説明するのに自分の言葉として「士農工商」を用いたのではなく、その表現がテレビ業界で広く使われているという事実を述べただけだからだ。これを「上・中・下・犬猫ＡＤ」という言葉に言い換えたとしたら、そんな表現は誰ひとり使っていないのだから、いまでいう「偽（フェイク）ニュース」になってしまう。

これがぼくの回答の論旨で、それはいまでも間違っていないと思うが、さらに考えてみると、そもそもなぜテレビ業界で「士農工商犬猫ＡＤ」という隠語が広く使われているのか、という疑問に突き当たる。この表現が歴史的な身分差別制度を前提としていることは間違いなく、「士農工商の下に暗黙のうちに穢多・非人が入っている」とか、「犬猫は穢多・非人を置き換えただけだ」といわれれば、その批判に説得力があることは認めざるを得ない。だとすれば問うべきは、テレビ業界の差別意識なのだろうか。

しかしぼくは、テレビ業界のひとたちが無意識のうちに部落差別をしていて、その（暗黙の）差別意識が「士農工商犬猫ＡＤ」という表現に現われたのだ、というようなフロイト的な解釈には与《くみ》しない。この表現がテレビの制作現場で広まったのは、「上・中・下」ではなく「士農工商」でなければならない必然性があったからだ、と思うのだ。

日本人の働き方について考えるようになってから、ぼくはこの一〇年くらい、「正規と非正規の格差は身分差別だ」と述べてきた。

安倍政権の主導で日本でもようやく「同一労働同一賃金」が政治課題になったが、これはたんに、非正規の賃金を上げればいいということではない。その本質は、「同じことをしたら同じように処遇されるべきだ」という近代的な人権の徹底にある。

「差別のない社会」というのは、「収容所国家」と化したかつてのソ連や文革時代の中国（あるいはポル・ポト支配下のカンボジアやいまの北朝鮮）のように、（一部の権力者を除く）すべての人民を平等に貧しくすることではない。欧米では、「差別とは合理的に説明できないこと」という定義が新しい基準になっている。

女性社員が、男性社員と同じ仕事をしていても給料が半分だったとしよう。人事部に「なぜこんなことになるのか」と訊《たず》ねたら、「お前が女だからだ」といわれた。この場合は、性差（女性であること）以外に給料のちがいを説明できないのだから、女性差別であることは誰でもわかる。

それに対して女性が営業職で、売上（利益）が男性社員の半分だったとしよう。そのデータを呈示されたうえで、「だからあなたの給料は半分なのです」といわれたら、この説明には合理性がある。すなわち、給与格差は差別とはいえない（厳密にいえば女性社員が男性社員と同じ機会を与えられていない可能性があるが、それはここでは置いておく）。

同様に、非正規の社員が正社員と比べて給与が半分で福利厚生もないとしたら、会社はその扱いのちがいに合理的な説明ができなくてはならない。「同じ仕事をしているのに、なぜ彼が社宅に住んでいて、自分は社宅に入れないのか」と訊かれて、「正社員じゃないんだから当たり前だ」としかこたえられないなら、これは「正社員」と「非正規社員」の間に身分のちがいがあるということだ。

そのように考えると、日本の会社には合理的に説明できない格差がたくさんある。

親会社から子会社に出向した場合、子会社の社員と同じ仕事をしても給料がずっと高いのはごくふつうだ。しかしこれも、子会社の社員から「なぜ同一労働同一賃金ではないのか」と訊かれ、「子会社のくせにつべこべいうな」としかこたえられなければやはり身分差別だ。海外の現地法人で働く外国人社員から、「本社から派遣された日本人社員と待遇がちがうのはなぜか」と訊かれ、「お前が日本人じゃないからだ」としかこたえられないのなら、国籍による差別以外のなにものでもない。日本の労働現場は、正規・非正規の身分差別だけでなく、長時間残業できるかどうかの男女差別、親会社と子会社の差別、本社採用と現地採用の差別、年功序列という年齢による差別など、重層的な差別によって成り立っているのだ。

こうした「差別社会」の典型がテレビの制作現場で、局のプロデューサーを頂点として、子会社、制作会社、外部スタッフと厳密なヒエラルキー（階層構造）ができあがっている。制作会社のＡＤはこうした差別構造の最底辺にいて、新卒正社員の（見習い）ＡＤと同じ仕事をしていても、その待遇には天と地くらいの差がある。

このとてつもない格差はとうてい合理的に説明することができないから、テレビ業界の理不尽な制作現場を体験したひとは、ごく自然に歴史の授業で習った「身分差別」を想起する。このようにして、ＡＤを「犬猫」の下に置く「士農工商」の表現が生まれるのだ。

「士農工商犬猫ＡＤ」という表現が差別的なのは、歴史的な身分差別をたんなる比喩として使っているからだとされる。しかしこれは「比喩」ではなく、テレビの制作現場では実際に「身分差別」が行なわれている。そしてこれはテレビだけでなく、ブラック企業をはじめとして、日本の会社の労働現場ではどこでも見られることだ。

ずいぶん時間がたってしまったけれど、こうしてようやくＫさんからの質問に正しくこたえられる。

テレビの制作現場で「士農工商犬猫ＡＤ」という言葉が使われているのは、それ以外では表現しようのないことが現実に起きているからだ。この「差別語」をなくすためには、たんなる言葉の言い換えではなく、日本的雇用からあらゆる「差別」を取り除かなければならない。ＡＤの待遇が合理的に説明できるものだと（本人を含め）みんなが思うようになれば、そのときはじめて、「士農工商」という身分差別の比喩を使う必要はなくなるだろう。

差別語の問題は八〇年代後半にはメディアの自主規制で処理されるようになり、抗議があれば謝罪・訂正・回収するという手順が決まっていた。差別への「糾弾」が定型化するにつれて、面倒なことは極力避けるのがメディア側の方針になった、ということでもある。だからこそ、それが稚拙なものであれ、「反論」という面倒なことをしたぼくの対応が目立ったのだろう。

しかしこうした状況は、九〇年代に大きく変わることになる。

その画期となったのが、オランダの政治学者で、新聞社の特派員として日本の政治・社会の異質性を論じていたカレル・ヴァン・ウォルフレンの『日本／権力構造の謎』の発売だ。そのなかでウォルフレンが部落解放同盟について、「差別を行ったと解放同盟が断罪した人や組織体を〝糾弾〟する会合を開くことによって、自己主張をするという方法を見出した」「(差別と闘うために法的手段に訴えたりしないという解放同盟の)姿勢は官僚に評価され、官僚は実際のところ形式化した抗議行動を奨励しているのだ」などと書いたことが大問題になったのだ。

とりわけ強い反発を引き起こしたのは、糾弾に対する次の記述だろう。

法的制裁よりおどしが好まれる事実は、部落解放同盟の活動を公的に容認する点にも現れている。解同の叫ぶ糾弾戦術は出版社、著者、ジャーナリスト、編集者、教師と対決する時、効果をあげる。なんであれ被差別部落出身者について解放同盟のイデオロギーに反する言辞をろうした者は、強制的に糾弾の会にひき出される危険を負うことになる。自己の意志に反して会場に連れて行かれ、〝社会の代表者たち〟の前で、糾弾者に叱りつけられるのは相当に不愉快であろう。糾弾は深甚な陳謝がなされるまで続く。その結果、編集者は部落問題に触れる内容を本や雑誌から削除する。

――カレル・ヴァン・ウォルフレン『日本／権力構造の謎』(早川書房)

その後の経緯は部落解放同盟中央本部のマスコミ・文化対策本部、糾弾闘争本部の一員としてこの問題に対処した小林健治《こばやしけんじ》さんの『部落解放同盟「糾弾」史』に詳しいが、それによれば出版社側は当初、回収を検討したが、著者のウォルフレンが「言論の自由に対する圧迫」だと激怒したため交渉は紛糾し、最終的には、日本外国特派員協会でウォルフレンと小《こ》森龍邦《もりたつくに》部落解放同盟中央本部書記長が公開討論を行ない、その内容を小冊子にして以降の配本分にはさみ込むことで決着した。

この出来事は大きく報じられ、ぼくも外国特派員協会で行なわれた公開討論を見にいったが、小森書記長の批判を通訳が英訳するあいだ、ウォルフレンは興味なさそうにそっぽを向いており、通訳が終わると一気に英語で自分の主張をまくし立てる繰り返しで、あまり実りのある討論とは思えなかった。

だったらなぜこの話を書いたのかというと、その後、ぼく自身が「糾弾」を体験する機会を得たからだ。

「糾弾」の日

ウォルフレンの事件のあとだから九〇年代はじめだと思うが、関東の屠場《とじょう》労働組合から編集部宛に通告書が届いた。過去の出版物に差別語（先ほどとは別の本だが、これも「士農工商」だった）が使われているとの指摘で、新聞社・出版社を集めた話し合いの場を設けたのでそれに参加するよう求めていた。

出席するのは石井さんだが、「糾弾」がどんなものか興味があったので、町山くんと二人でついていくことにした。——もちろんウォルフレンの本とはちがって、「強制的にひき出される」ようなことはなかった。

会場は屠場のなかにある大きな会議室で、新聞社・出版社の代表が一列に並んだ前に組合の執行部が陣取り、そのうしろに一〇〇人くらいの組合員が座っていた。組合執行部が一社ずつ順に名指しし、差別語や差別表現について批判する。それに対してメディア側が釈明・謝罪するという段取りだ。

問題とされた差別表現は、「士農工商」のほかには、「屠殺」と「屠《ほふ》る」の誤用が多かった。しばしば誤解されているが、「屠る」という言葉は差別語ではない。これは「動物の生命を神に捧げる」という由緒正しい言葉だ。――だからこそ彼らの職場は「屠場」なのだ。

「屠殺」や「屠殺場」が差別語になるのは、「屠」という漢字に「殺」という漢字を組み合わせ、聖なる職業を貶《おとし》めているからだ。「屠殺人」も同様の理由から差別語だが、「食肉解体業者」などと言い換える必要はなく、「屠畜業者」や「屠人《とじん》」でかまわないと説明された。

――最近は原稿に「屠る」の字を使うと校正者から「差別語」との注記がつくが、これは間違いなのであえて書いておく。

屠場はそれ自体では差別語ではないものの、比喩として使うと差別表現になる。もっとも多かったのは「屠場に引かれる羊のように」という記述で、羊の運命を哀れんでいるように見せながら、動物を屠る者の残酷さを際立たせているのだと批判された。この表現は高名な作家も使っていて、その謝罪文が読み上げられた。

社名を呼ばれたメディアの代表者が立ち、組合執行部が差別表現を指摘すると、うしろに控えた組合員から「踏まれた者の痛みがわかるのか!」と怒号があがる。差別表現について釈明しようとすると、「謝罪になってないぞ」とか、「いい加減なことをいうな」などの怒号でかき消される。これはかなり迫力があった。

組合執行部と新聞・出版側のこうしたやり取りが三〇分ほどつづいていったん休憩となった。

ぼくは会社に急ぎの連絡をしなくてはならず、休憩時間に会議室を出た。建物の入口のところに公衆電話があったので、そこで二、三件電話をかけているうちに、いつのまにか組合員のひとたちに取り囲まれていた。そこは喫煙所でもあったのだ。

電話が終わると、近くにいたおじさんから、「お兄ちゃん、ご苦労だねえ」と声をかけられた。「あと三〇分で終わるから、そしたら駅前で焼き肉食べて帰りなよ。うちからいい肉、仕入れてるから」

「糾弾」が進むにつれて、どういう約束事になっているかなんとなくわかってきた。最初に名指しされたのは、机の左端にいた岩波書店のひとだった。次に名指しされたのは、その隣の朝日新聞社のひとだった。そのあとは、大手出版社と大手新聞社の名前がつづいた。はじめて参加するぼくたちの会社は机の右端から二番目だったので、呼ばれるのは後半の最後になるはずだった。

もうひとつ気づいたのは、「糾弾」の時間がだんだん短くなっていくことだった。

いちばん長く「糾弾」されていたのは、岩波書店と朝日新聞社のひとだった。それが五分だとすると、次のグループは四分三〇秒、その次のグループは四分というように、徐々に「持ち時間」が減っていくのだ。

でもあった。

「糾弾」に参加するにあたって、石井さんは「士農工商を使っただけで差別だというのはおかしい」といっていた。組合執行部に反論するというので、それを聞きにいったということでもあった。

ようやく石井さんの番になった。執行部のひとが差別表現が使われていると批判すると、「踏まれた者の痛みがわかるのか！」の怒号があがった。石井さんが、執筆者に差別の意図はなかったと釈明すると、「それで謝ったつもりか！」と怒鳴られた。形式的な謝罪が終わって、「しかしながら……」と石井さんが反論しようとしたとき、組合執行部の司会者が遮った。

「もういい。次！」

ぼくたちの会社の持ち時間は、わずか一分だった。

休憩時間におじさんが教えてくれたとおり、三〇分きっかりで「糾弾」は終わった。

「糾弾」の場でぼくたちマスメディアは、「取材もしないくせに好き勝手なことばかり書いている」と強く批判された。そういわれれば、たしかに屠場やそこではたらくひとたちのことはなにも知らなかった。そこで、せっかくの機会なので取材を申し込むことにした。

その頃、在日韓国・朝鮮人の若いライターと仲良くしていた。ジャーナリストを目指していて、自身が在日だということもあって差別問題に強い関心があった。そこで彼に、屠場で一カ月くらい働いてルポを書かないかと話したら、ぜひやってみたいという。

そこでさっそく、屠場労組に電話して企画を説明した。電話に出たひとはライターが屠場で働くということに驚いたようで、内部で検討するからすこし時間をくれといった。

三日後くらいに電話がかかってきて、「そのような変則的な取材は受けられない」といわれた。

ぼくはびっくりして抗議した。そもそも「糾弾」の場で、「メディアは自分たちに話を聞きに来ない」といわれたから体験取材を申し込んだのに、まさか断られるとは思わなかったのだ。

「なんでダメなんですか？」ぼくは訊いた。

屠場労組の執行部のひとはいった。

「前例がないから」

〈追記〉

屠場労組の「糾弾」は一回で終わるのではなく、何度かつづくのだと説明された。

ただしそのとき、「糾弾」の場に出席しない出版社が一社あった。部落解放同盟と方針のちがう共産党系の弁護士が顧問についていて、「呼ばれたからといって出る必要はない」といったのだという。

その出版社と話をつけてから二回目の期日を知らせるといわれたが、ぼくの知るかぎり、その後の連絡はない。

屠場の取材で声をかけたライターのきむ・むいくんは、残念なことに、その数年後に若くして亡くなった。ご冥福をお祈りします。

旅はいつかは終わり、戻るべき家はない

青山正明《まさあき》さんは、ぼくが知るなかでもっとも才能に恵まれたライター／編集者の一人だった。

一九六〇年生まれでぼくとは同世代だが、慶應《けいおう》大学在学中に『突然変異』というミニコミをつくった。当時は〝ミニコミブーム〟で、中央線沿線の書店には簡易印刷のさまざまな雑誌が置かれていた。そのなかでも青山さんの『突然変異』は異彩を放っていて、最初に手にとったときの衝撃は忘れられない。デザインも編集センスも際立っていたが、なによりテーマが強烈だった。天皇制から精神障がいまで、あらゆるタブーを俎上《そじょう》に載せて笑いのネタにしてしまおうというのだ。

その後、株式情報誌で働きながら成人雑誌でライターをしていた青山さんは、バブルの最後の波に乗って、名古屋の電話営業の会社をスポンサーに『エキセントリック』という海外旅行雑誌を創刊する。ぼくが青山さんとはじめて会ったのはバブルがはじけて雑誌が廃刊になった頃で、それまでの取材体験をもとにアンダーグラウンド風のタイのガイドブックをつくってもらった。

青山さんの興味は一貫して、タブーを犯すことと快楽を追求することだった。原稿のテーマは音楽やダンス（レイヴ）からドラッグ、セックスまで幅広かったが、青山さんは快楽に溺れるというよりも、主流派の文化（ハイカルチャー）から排除されたさまざまなサブカルチャー現象をフィールドワークする文化人類学者のようだった。誰に対しても腰が低く少年のような雰囲気で、社内の若い女性編集者のあいだでも人気だった。

一九九三年三月に、青山さんたちと編集担当のMくんで、『気持ちいいクスリ』というムックをつくった。ビタミンからヘロインまで、合法・非合法を問わず、「クスリとはなにか」をニュートラルな立場から考えてみようという企画で、当時の風潮に乗ってベストセラーになった。青山さんは、バブル崩壊後は、ひとびとの興味はブランドなどのモノからスピリチュアルへと移っていくはずだと、オウム真理教事件へとつづく精神世界ブームを正確に予想していた。

テクノやハウス・ミュージックも、クラブやレイヴも、新しいものは真っ先に見つけてきた。ノーベル化学賞を受賞したライナス・ポーリングのメガビタミン理論の熱烈な信奉者で、いつも大量のビタミン剤を持ち歩いていた（メガビタミン理論はビタミンCを大量に摂取する健康法で、臨床実験ではその効果は否定されている）。脳科学にも興味をもっていて、ドラッグとヨーガや瞑想《めいそう》の効果を比較しようと考えていた。サプリメントやマインドフルネスの流行もちゃんと先取りしていたのだ。

　ぼくはその当時、中間管理職のサラリーマンだったから、つねに流行の先端で自由に仕事をしている青山さんにずっと憧れていた。しかしその頃から、いろいろな噂を聞くようになった。それはすべて、ドラッグにまつわるものだった。

　青山さんといっしょに編集プロダクションをつくったKさんのマンションに、ある日、いきなり刑事がやってきた。警察に匿名の電話がかかってきて、Kさんの自宅に違法な薬物が隠匿されていると密告したのだという。当時、Kさんは女性のライター（彼女も自分のドラッグ体験を書いていた）とつき合っていて、そのことで周囲との人間関係がむずかしくなっていたという。「このままだとなにをされるかわからないから、ぼくたちは失踪します。いままでお世話になりました」と、Kさんはぼくに挨拶した。

　その後、青山さんは大麻取締法違反で逮捕され、編集プロダクションも解体した。最後に会ったのは事件後で、場所は新宿中村屋の地下にあった「マ・シェーズ」という喫茶店だった。編集の仕事はやめて、これからはライターひと筋で頑張っていくと話していた。

　一九九九年に、これまでの記事をまとめた「青山正明全仕事」（『危ない1号』第4巻）という本が出る。いま読み返すと、時代の雰囲気（「鬼畜ブーム」と呼ばれていた）や本人の性向もあるのだろうが、あまりにもアンダーグラウンドな負の領域に入り込みすぎていたことがわかる。インターネットのゴミ溜めに引き寄せられる欲望をすべて抱え込もうとすれば、行き詰まるのは当然だった。

青山さんたちといっしょにドラッグの本をつくったMくんは、会社を辞めてフリーランスの編集者になった。Mくんのことは以前、新聞のコラムに書いたことがあるからそれを再掲しよう。

これまでに一度だけ、友人に金を貸したことがある。もともと個人間での金の貸し借りはしないと決めているから、最初から返してもらうことは期待していなかった。こちらから返済を求めたことはない。向こうから「返さない」と言われたわけでもない。そんな中途半端な貸金だ。

三カ月かけて車でオーストラリア大陸を縦断するという旅の費用で、わずかな金額ではなかった。

もちろん私は慈善家ではないから、金を出したのには理由がある。人生が変わるかどうか、知りたかったのだ。

それ以前の何年か、彼は家庭でも、仕事でも、不本意な状況に置かれていた。その苦しみがどれほどのものであったのかは知らないが、彼はある日、すべてを投げ捨てて旅に出ることを決意し、その金を工面するために私のところにやってきた。

彼はこの旅で、人生がやり直せると信じていた。

旅の目的は、誰もいない真夜中の砂漠で、赤い月とともに踊り明かすというものだった。こんな荒唐無稽な話になぜ魅《ひ》かれたのか、自分でも不思議だった。

誰もが心のどこかで、人生をリセットしたいと考えている。だが残念なことに、人生にはコンピュータゲームのようなリセットボタンはない。

私たちが暮らす高度化された資本主義社会では、人生を変えたいと望む人々のために、さまざまなコンビニエントな方法が用意されている。新興宗教、自己啓発セミナー、携帯電話の出会い系サイト、薬物などはどれも、人生をリセットするためのお手軽な道具の一種だ。少し前には、「自殺すれば人生がリセットできる」とする本が、若者たちの間で圧倒的な支持を得た。

私たちは、これらの方法がすべて幻想であることを知っている。だがその一方で、どこかで人生を変える出来事を願ってもいる。

昨日と同じ今日が、今日と同じ明日が永遠に続くとしたら、生きることの意味はどこにあるのだろう？

私にも、漂泊への抗《あらが》いがたい憧憬がある。非日常の世界に身を投じたいという衝動がある。砂漠の月光の中で踊りたかったのは、彼ではなく、私自身だった。

オーストラリアへの長い旅から帰って、彼の生活はさらに荒《すさ》んだものになった。家庭は崩壊し、仕事の大半を失い、やがて連絡すらなくなった。

人生は、日々の積み重ねの延長線上にある。だから、簡単には変わらない。そんなことは、彼も知っていたはずだ。

最近、彼がアパートを引き払って、予定のない長い旅に出たことを聞いた。今頃はインドを放浪しているはずだという。

際限のない自由を手に入れた彼は、人生を変える体験をまだ探し続けている。

旅はいつかは終わり、戻るべき家はない。

――『日本経済新聞』二〇〇三年三月九日

サティアンの奇妙な一日

八〇年代のバブル景気の頂点は八九年十二月二十九日、東京証券取引所の大納会で日経平均株価が三万八九一五円の最高値をつけたときだった。年明けから株価は大きく値崩れし一〇月には二万円割れまで暴落して「株バブル」は崩壊した。ただしその間も地価は上昇をつづけ、全国的な地価の下落がはっきりしたのは九二年になってからだ。

八九年一月に昭和天皇が崩御し、「不確実性の時代」が始まった。もちろんそれは日本だけのことではない。世界ではベルリンの壁崩壊（八九年十一月九日）とソビエト連邦の解体（九一年十二月二十五日）という現代史を揺るがす大事件が起き、第二次世界大戦後の国際秩序をつくってきた冷戦が終焉《しゅうえん》した。

この混乱に乗じてイラクのサダム・フセインがクウェートに侵攻し、九一年一月にはアメリカを中心とする多国籍軍の攻撃が始まった。日本では自衛隊の参加の是非が大論争を巻き起こしたが、じつはサウジアラビアが国土防衛のため米軍の駐留を認めたことが歴史を大きく動かすことになる。聖地メッカを異教徒が守ることに反発したウサーマ・ビン・ラーディンが、二〇〇一年の同時多発テロを起こすことになるからだ。

もちろんこれは現在から振り返っていえることで、渦中にいるときはいったいなにが起きているのかまったくわからなかった。八九年六月には中国で民主化を求める天安門事件が起き、その後、中国共産党は鄧小平《とうしようへい》のもとで大胆な経済自由化に踏み出すのだが、当時の論調は中国から難民が「盲流」となって日本に押し寄せてくると煽《あお》るものばかりで、中国の驚異的な経済成長が始まることを予想したひとはほとんどいなかった。いまも日本や世界の「未来」について自信たっぷりに語るひとがたくさんいるが、その御託宣を信用する気になれないのはそんな経験があるからだろう。ほんとうにとんでもないことが起こっているときは、客観的な判断などできないのだ。

世間が株価や地価の暴落で大騒ぎしているときも、じつは出版業は好調だった。その理由のひとつは、不安に駆られたひとたちが本屋に向かったからだ。書籍の売上が一兆円を超えてピークに達するのは九六年で、業界のひとたちはお互いに「出版は不況に強い」といいあっていた。もちろんこれは根拠のない願望で、案の定、出版の世界でもバブルは崩壊して、書籍・雑誌を合わせた出版市場はいまや一九八〇年の水準まで縮小してしまった。ちょうどぼくが大学を卒業した頃だから、一巡して出発点に戻ったようなものだ。

ぼくはゴルフもしないし、銀座のクラブにも行かなかったので、八〇年代末のバブル絶頂期の思い出というのはじつはあまりない。深夜タクシーがつかまりにくくなったことくらいだ。

追い風が吹いたのはバブル崩壊後で、〝株屋〟や〝地上げ屋〟といった、それまで日本社会の暗部でうごめいていたひとたちが表に出てくるようになった。彼らを突き動かしていたのは、なにものか（たいていは「大蔵省」とされた）が自分たちのビジネスを破壊し、全財産を奪い、人生を失わせたという怒りだった。

株価や地価が底なしに下落すると、日本の銀行がとてつもない不良債権を抱えているのではないかとの不安が社会を覆った。銀行は不動産の値上がりを見込んで多額の融資をしているのだから、地価が暴落すれば経営が行き詰まるのは子どもでもわかる理屈だった。問題なのは、不良債権の大きさが誰にも（当事者である銀行の経営陣にも）わからないことだった。

そこでぼくたちは、無名の「あやしいひとたち」を探してきて、株や不動産市場の裏側でなにが起きたのかを話してもらうことにした。みんな情報に飢えていたから、こうした「バブル崩壊もの」はどれもよく売れた。政治家たちは「大蔵省がなんとかする」といっていたが、裏世界のバブル紳士たちが語る銀行融資の杜撰《ずさん》さは信じがたいもので、このままではとうていすまないだろうと思った。――この不安は北海道拓殖銀行、山一證券《しょうけん》、日本長期信用銀行、日本債券信用銀行が次々と経営破綻した九〇年代末の金融危機によって現実化することになる。

九〇年代も半ば近くなると、出版業界でも変調を感じることが多くなってきた。これまでと同じことをやっていても本が売れなくなり、返品率が急速に上がってきたのだ。数字上は書籍の販売額は伸びていたが、それは刊行点数が増えていたからだった。ようするに、自転車操業に陥りつつあったのだ。

そんなとき、同じ編集部でつくっていた月刊誌で事件が起こる。皇室の女官の証言を掲載したところ、それが週刊誌やテレビのワイドショーで大きく報じられ、美智子《みちこ》皇后がストレス性の失語症になってしまった。これが一部の右翼に「不敬」とみなされて、会社に銃弾が撃ち込まれたのだ。

ある朝、会社に行ったら玄関の前に警察官が集まっていて、ガラスにいくつか穴が開いていた。とはいえ、皇室や右翼のことなどほとんど知らなかったから、たいへんだなあ、ということはわかったが、だからといって恐怖を感じるということはなかった。

これはほかの社員も同じで、ファッション誌の編集部には若い女の子もたくさんいたが、みんなこれまでどおりふつうに仕事をしていた。あまりに非日常的なことが起きると、それを現実のこととして正しく評価できなくなってしまうのだ。——その結果、別棟の編集部に右翼が立てこもるという事件が起きる。幸いなことに警察官の説得で事なきを得たが、このときはさすがに「ヤバい」と思った。

会社もこのトラブルにどう対処するか悩んだのだろうが、けっきょく編集長を替えて雑誌は存続することになった。それで、ぼくが新しい編集長になることになった。栄転とはいいがたい（というか、貧乏くじを引くような）異動を受けたのは、それまでの仕事に行き詰まりを感じていたからでもあった。

こうして、試行錯誤で雑誌のリニューアルが始まった。ジャンルとしては月刊総合誌になるが、『文藝春秋《ぶんげいしゅんじゅう》』のようなことができるわけもなく、かといって『噂の眞相』のようなスキャンダル雑誌に徹することもできず、サブカルチャーのブーム（サブカルバブル）もすでに終わっていたから、どういう路線で勝負するかを決めるのがものすごく難しいのだ（言い訳をしておくと、その後もこのジャンルで成功した雑誌はない）。

ところがここで、予想もできないとんでもないことが起きる。それが、オウム真理教による地下鉄サリン事件だ。

オウム真理教とはなにか、というのはもちろん諸説あるだろうが、ぼくの理解では、それは「仏教原理主義カルト」だ。教祖の麻原彰晃《あさはらしょうこう》は、一部の若者たちを虜にする強烈な魅力をもっていた。信者の多くは、「精神世界系」の若者たちだった。

オウム真理教事件がぼくにとって衝撃的だったのは、「幹部」とされた信者の多くが同年代で、同じ大学の出身者も多かったことだった。一九八〇年前後の大学はポストモダン哲学（ポモ）の黎明《れいめい》期だったが、近代的なものを否定しながらも〝スピリチュアル〟に向かう学生たちもいた。大学時代のぼくはほとんど交遊がなかったが、彼らが隣にいるという感覚はいつももっていた。そんな〝隣人〟と一五年ぶりに再会したら、「テロリスト」になっていたのだ。

麻原が「オウム神仙の会」というヨーガ道場を開いたのは一九八四年だから、教団はバブルの真っ只中で成長したことになる。その中心となったのは、ぼくと同じ頃に大学を卒業し、社会に出て、その後すべてを捨てて出家した若者たちだった。いったい彼らになにがあったのか。——それが、ぼくが知りたいことだった。

釈迦《しやか》（ゴータマ・シッダールタ）が悟りを説いたのは二五〇〇年ほど前のことだ。仏教ではユダヤ教やキリスト教、イスラームのような聖典を定めなかったために、後世の解釈によって仏典は膨大に膨れ上がっていく。そのなかでオリジナルにもっとも近いのは釈迦の言葉をパーリ語に翻訳したもので、上座部仏教（小乗仏教）としてスリランカやタイ、ミャンマーなどに伝わった（南伝仏教）。それに対してサンスクリット語の大乗仏教は、釈迦の入滅から五～六〇〇年後の紀元前後に成立し、三蔵《さんぞう》法師などによって漢字へと翻訳されたものが六世紀に日本に伝えられる（北伝仏教）。

ここまでは仏教史の常識だが、じつは日本の仏教では、こうした歴史は見事に「隠蔽」されてきた。日蓮《にちれん》や親鸞《しんらん》など大教団を創始した仏教者が学んだのは漢語の仏典だから、それとは異なる「ほんものの仏教」があるというのはきわめて都合が悪かったのだ。

しかしサンスクリット語、パーリ語に精通する宗教哲学者の中村元《なかむらはじめ》などが「原始仏教」を積極的に紹介するようになると、「ほんとうの釈迦の教え」を学びたいと考える者が現われる。こうした流れのなかで、中沢新一さんが大学院在学中にチベット密教を学ぶためにネパールに赴いたことはよく知られている。

オウム真理教に集まった「精神世界系」の若者たちも、パーリ語で上座部仏教の経典を学び、密教の修行によって解脱と悟りに至ろうとした。そして彼らは、〝仏教理解の最先端〟にいる覚醒者として、日本の「葬式仏教」を徹底的にバカにした。出家した僧侶が妻帯・肉食・飲酒し、寺を子どもに世襲させるなどということは、小乗仏教はもちろん大乗仏教でもあり得ないのだから、日本の仏教そのものが「破戒」なのだ。

これがオウム真理教の「仏教原理主義」で、釈迦の言葉を「ほんとう」とするかぎり、論理的には完全に正しい。オウム真理教に対し既存の仏教教団は「あんなものが仏教であるはずはない」と頑《かたく》なに対話を拒んだが、その理由はパーリ語も上座部仏教もまったく知らないからで、「原理主義的に正しい仏教」と比較されることを恐れたのだ。

もちろんこれは、ぼくの一方的な思い込みではない。いまは評論家として活躍している宮《みや》崎《ざき》哲《てつ》弥《や》さんは、地下鉄サリン事件直後に早くも、「オウム真理教は、若いインテリの間で比較的評判のよい宗教であった。私の周りにいる宗教社会学や哲学の若手研究者たちの評価も悪くなく、特にオウムの仏教解釈はかなり本格的で注目に値するということだった」として次のように指摘している。

(オウム真理教が出版した)『原始仏典講義一』(一九九〇)『真実の仏陀《ぶつだ》の教えはこうだ!』(一九九一)などを読んでみると、仏教とヨーガ哲学を主軸とする、インド思想全般についての麻原の理解はよく行き届いていることがわかる。その仏教理論は新新宗教としては飛び抜けて正統的で、かつラディカルですらある。

(略)日本仏教は一貫して、仏教の教理とは全く相容《あいい》れない祖先崇拝を教義・儀礼に繰り込み、日本的土壌と融和することに腐心してきた。とりわけ近代以降、檀家制度の維持、教団の保守に汲々《きゅうきゅう》とし、一方祖霊供養や戒名授与や墓所管理や水子供養で金儲けしても恬《てん》として恥じず、肝心の個の魂の救済についてほとんど関心を払ってこなかった。現今の日本仏教に世俗の人生訓を超える、人の生と死に関する智慧《ちえ》を授ける能力が残っているものか、甚だ疑わしい。そもそも葬式仏教、法事仏教などと揶揄されても何一つ反駁《はんぱく》できない彼らに、法を説く資格などあるのだろうか。

オウム真理教の仏教観は、これら日本仏教の惰性と欺瞞《ぎまん》をトータルに否定する苛烈な潔さ、ファンダメンタリズム独特の透徹した論理性を具備していた。若いインテリ層を引きつけた理由のひとつではないかと思う。

——「仏教原理主義とテロルの理論」『宝島30』一九九五年六月号（宝島社）

もちろん宮崎さんは、ここでオウムと麻原を手放しで礼賛しているわけではない（論考の後半では、ファンダメンタリズムがテロの理論に変容する過程が分析される）。ここで指摘されているのは、オウム真理教が近代的《モダン》で凡庸な既成宗教を乗り越えるポストモダンの運動の一部だということだ。

オウム真理教と「葬式仏教」の関係は、「イスラーム原理主義のカルト」であるＩＳ（イスラム国）と、世俗化し国家権力におもねるようになった既成のイスラームの関係によく似ている。

現代イスラームのなかで、ムハンマドの時代を重視するスンナ派の宗派をサラフィー主義という。これは初期イスラーム（サラフ）の時代に復古すべきだという「原理主義」で、日本ではイスラーム法学者の中田考《なかたこう》さんが（自ら認める）サラフィー主義者だ（中田考『イスラーム　生と死と聖戦』集英社新書）。

サラフィー主義の立場では、イスラームは自由や平等、人権、デモクラシーなどの近代的な価値を拒絶する。なぜならそんなものは聖典であるクルアーン（コーラン）のどこにも書かれていないからだ。

イスラームとは「神への絶対的な服従」のことで、アッラー以外のいかなる権威も認めない。神の下にひとは平等であり、「どのような人間の組織も他者を従属させる権利はない」とする。〝神中心主義〟がイスラームの根本原理なのだから、カトリックにおける教会のような宗教的な権威はもちろん、近代的な主権国家の存在も許されない。王権神授説から生まれた主権概念では国家は〝神に相当する至高の権利〟をもつが、これは唯一神の権威を否定する偶像崇拝以外のなにものでもない。

また民主政（デモクラシー）も、〝民主的〟とされる手続きで選ばれた為政者の決定に国民を服従させる制度だからイスラームとは相容れない。唯一の正しい統治はシャリーア（イスラーム法）によるもので、民主政という「制限選挙寡頭制」の実態は独裁政治と変わらないのだ。

こうして（原理主義的な）イスラームは、ヒューマニズムを全否定することになる。近代のヒューマニズムは神の場所に人間を置く「人間中心主義」で、アッラーに対する冒瀆《ぼうとく》なのだから、当然、「人権」の居場所もない。

このように原理主義的な立場からは、イスラームは反ヒューマニズム、反人権、反資本主義、反国家、反デモクラシー、反近代になる。これはまさに、IS（およびカリフを名乗ったアブー・バクル・バグダーディー）が自らの統治下で行なったことだから、サラフィー主義はそれを批判することはできないし、かえって評価することになる。すなわち、ISの主張はイスラームとして間違っているわけではないが（というよりも、サラフィー主義的には正しいが）、宗教的理想を実現するための戦略が稚拙なのだ。

同様に、仏教原理主義のカルトであるオウム真理教も、「（ガネーシャのかぶりもので選挙に出るなど）布教の方法は稚拙だが、仏教の理解としては間違っているわけではない」ということになる。こうした視点からオウム真理教を論じた宗教学者が島田《しまだ》裕巳《ひろみ》さんで、地下鉄サリン事件が起こると、「オウムを擁護している」として激しいバッシングの標的になった。

島田さんがオウム真理教についてはじめて書いたのはぼくたちがつくっていたムックのシ

リーズで（「オウム真理教はディズニーランドである」『別冊宝島114　いまどきの神サマ』所収・宝島社）、それ以来、新宗教や「精神世界」ブームについて何度も寄稿してもらい、オウム真理教の教団施設（サティアン）を訪ねてもらったこともあった（これについてはあらためて述べる）。そのため地下鉄サリン事件が起きるとぼくたちの雑誌も批判にさらされることになるが、しかしそれによって、逆に教団の広報部と関係がつくれるようになった。

事件の全容がほぼ解明された現在では明らかになっているように、テロは麻原を中心とするごくかぎられた幹部だけで行なわれ、一般の信徒には徹底的に秘匿されていた。当然、広報の担当者も事件はすべて「でっちあげ」で、自分たちは「陰謀」の被害者だと考えていた。そんな彼らが、「権力の手足」であるマスメディアに固く扉を閉ざすのは当然だろう。

しかし教団の広報としては、なんらかのかたちで自分たちの主張をひとびとに知ってもらわなければならない。そのとき彼らが唯一信用したのが、「オウム擁護」として叩かれていたぼくたちの雑誌だった。

このように利害が一致したことで、地下鉄サリン事件の直後から、ぼくたちの雑誌は教団に対して独占的に取材できる立場にあった。事件が起きると南青山にあるオウム真理教本部はものすごい数のメディア関係者に取り囲まれたが、そんななか、ぼくたちだけは教団の建物に入っていくことができたのだ。

地下鉄サリン事件の一報を聞いたとき、いったいなにが起きたのかまったくわからなかったが、これが日本の現代史を画する大事件であることは理解できた。そのときたまたまぼくは月刊誌の編集責任者で、テロの実行組織とされた宗教団体にアクセスするルートをもっていた。だとしたら、やるべきことはひとつしかない。

このようにしてぼくは、事件の一カ月ほどあとに、富士山の麓にあるオウム真理教の宗教施設サティアンを訪れるという稀有《けう》な体験をすることになる。記録を見ると一九九五年四月十三日で、その一〇日後に教団幹部の一人、村井《むらい》秀夫《ひでお》が南青山の本部前で、二〇〇人を超えるマスコミ関係者の目の前で刺殺されている。警視庁による大規模な強制捜査が行なわれ、第六サティアンの隠し部屋で現金を抱えた麻原彰晃が発見されるのは五月十六日だ。

そのとき教団の広報を担当していたのはIさんで、痩身で銀縁の眼鏡をかけた、おとなしそうなひとだった。取材を許されたのはぼくと担当編集者のHくん、それにいまはフリージャーナリストとして活躍している岩上安身《いわかみやすみ》さんと、明治大学教授の越智《おち》道雄《みちお》さんだった。越智さんはアメリカ文化論を専門にしていて、核戦争（ハルマゲドン）を待ち望むキリスト教原理主義者との比較でオウム真理教に強い関心をもっていた。

早朝にレンタカーを借りて教団本部で広報のIさんを拾うと、Hくんの運転で富士山麓の上九一色村《かみくいしき》に向かった。このときの取材は岩上さんが記事に書いている（「麻原彰晃を信じる人々」『宝島30』一九九五年六月号所収・宝島社）ので、それとぼくの記憶を合わせてこの奇妙な一日について述べてみたい。

中央高速を西へと走るあいだ、カーラジオからはずっと事件関連のニュースが流れていたが、教団広報部のIさんはほとんど関心がないようで、なぜオウム真理教に出家したのかをたんたんと語ってくれた。Iさんは当時三十七歳で、中央大学文学部仏文科を卒業後、調査会社でマーケティングの仕事をしていたという。しかしその仕事に「生のリアリティ」を見出すことができず、三十一歳のときに出家を決意する。ちなみにIさんはぼくのひとつ年上で、まさに大学のキャンパスにいた「隣人」のひとりだ。

Iさんの次の言葉は、「精神世界系」の若者がオウム真理教に引き寄せられていく典型だろう。

（調査会社での）データ分析の結果得られた統計的な数字の中には、人間が生きるリアリティは存在しない。統計的数字はいかにももっともらしいものだけれど、そこにはリアリティがないんです。非常に空《むな》しい。仕事の内容にも限界を感じていましたが、会社で形成されてゆく人間関係も薄っぺらで、空しかったですね。人生を根源的にとらえながら語り合うなんていう人間はいませんでした。会社の同僚たちと酒を飲むのは嫌いじゃありませんでしたが、でも、発展性のない話題ばかりで、その繰り返しに辟易《へきえき》して、空しさを覚えてたんです。もっと濃密な意味の場が欲しかったんです。

Iさんを麻原に帰依させたのは「超越体験」だ。

中沢新一《なかざわしんいち》さんの本に書かれている神秘体験や、あるいは尊師自身が説かれておられる神秘体験が、行を積んでいくと確実に追体験できるんです。瞑想していると光が見えてきたりとか。このまま修行を積んでいけば、私の先輩たちが味わった神秘をきっと味わうことができるだろう。そう信じているんです。

中央道を富士吉田インターで降り、一時間ほどのところに第四サティアンはあった。
そこは道場として使われていて、広い畳敷きの大広間は体液と排泄物《はいせつぶつ》が染みついたような、鼻をつく独特の臭いがした。信者たちは白の作務衣を着て、思い思いの場所で座禅を組み、頭にヘッドギアと呼ばれるヘルメットのようなものをかぶって一心にマントラを唱えていた。

台所にはゴキブリが這いまわり、ネズミのかじった跡があちこちにあった。不殺生の戒律を守るために、生き物は殺せないのだと説明された。プラスチックの小さな皿に、イースト菌を使わずにつくったパンと、根菜類の煮物が載っていた。信者はその皿を受け取ると、手づかみでたいらげ、修行へと戻っていった。

その後、ラジオ放送の「スタジオ」に案内され、三名の出家信者に話を聞くことができた。その一人はホーリーネームをガンダー師という二十四歳の女性で、京都大学教育学部を卒業していた。彼女は、出家に至る経緯を次のように語っている。

私は大学で障害者教育を専攻していたんですが、そもそもそうした問題への関心というのは、みんなが幸せになるにはどうしたらいいだろう、ということから出発していて、その中でももっとも弱者である障害者がどうしたら幸せになれるか、ということにあったんです。人間のレベルの幸せではなく、魂のレベルでみんなが幸せになるにはどうしたらいいだろう。そう悩んでいたところに、オウムに出会ったんですね。三回生のときでした。

そしてガンダー師は、こうつづけた。

私、障害児と接するとき、どうしてこの魂はこの体に宿ったのだろうという疑問が、どうしても抜けなかったんです。福祉活動の体験を積んでも、大学での勉強を通じても、その解答が見つけられなかった。でも、オウムにはカルマの法則という教えがあって、それを聞いたとき、すぱっと疑問が解けたんですね。つまり、この世でハンディのある人は前世での悪業の積み重ねがカルマとなって現れているのだと。だから、この世でのハンディキャップにはそれなりに理由があることなんだと納得できたんです。

もちろん彼女は、サリン事件とはなんの関係もない。しかしこの発言には、オウム真理教の「ポア（「悪業を積む者」を死によって救済する）の論理」がよく表われている。

サティアンの入口には下駄箱があり、そこに子どもの靴が乱雑に積み上げられていた。この施設で子どもたちも暮らしているが、安全のため、外部とは隔離しているのだという。信者はみな白のズックかサンダルだったが、子ども用はミッキーや白雪姫のイラストが入ったかわいらしい靴が目についた。

見学中は、誰もがユダヤの陰謀について話した。彼らによれば、世界は（もちろん日本も）秘密結社フリーメーソンによって支配されており、いま起きていることはすべてユダヤ人の陰謀である。悪の秘密結社から世界を救うためにたたかっているのはオウム真理教だけだが、われわれはいま滅びつつあり、そして世界に終末が訪れるのだ……。

そんな話ばかり聞かされて、ぼくは思わず考え込んでしまった。世界は陰謀によって動いていると信じるひとはいくらでもいるし、世の中にはさまざまな陰謀論の類が溢れている。それらはどれもどうしようもないほどくだらないもので、ぼくはこれまで「かわいそうなひとたち」と一笑に付してきた。でも、そんな陰謀論にとりつかれたひとたちが何百人も共同生活をしたらなにが起きるのか、想像したことはなかった。

取材のあいだじゅう、Iさんは会話に加わらず黙ってやりとりを聞いていた。

東京に戻る途中のサービスエリアで夕食にした。Iさんは慎重に具材を吟味すると、刻みねぎが載った素うどんを注文した。食堂のテレビが、新たな教団関係者の逮捕を報じていた。それを見てIさんは、「またですか」と呆《あき》れたような声をあげた。

Iさんもまたサリン事件はなにかの陰謀だと思っていたが、その確信は揺らいでいるように見えた。岩上さんが、捜査の結果、サリン事件がオウムの犯行だとわかったらどうするのか、Iさんに訊いた。その部分を引用しよう。

「私は、そういうことは考えられないんですけれども……。あくまで仮定の話として、ですか。うーん……。おっしゃるとおり、私は二十代の後半から三十代半ばすぎまで、つまり人間にとってもっとも貴重な活動的な期間をオウムに捧げたことになります。オウムに入らなければ、それなりに会社勤めをこなし、幸福な家庭も築いていたことでしょう。私にはつきあっている女性もいましたから。そうした幸福を捨て、無意味なものに人生を懸けてしまったとしたら、こんな悲劇はありません」

「でも」と言って彼はこう続けた。

「私は世俗の暮らしにはもう興味がないんです。オウムが真理でないとしたら、別の真理を求めてチベットにでも行きますよ」

南青山にあった教団の東京本部にIさんを送り届けたときは、すっかり夜になっていた。教団本部は警官隊によって厳重に取り囲まれ、それをテレビ局の無数のスポットライトが照らしていた。

地下の教団事務所の奥には紫色のソファが置かれた部屋があり、そこに教団幹部が集まっていた。Iさんは階級が低いらしく、その部屋に入ることは許されていないようだった。

Iさんと別れると、ぼくたちは六本木交差点のアマンドでコーヒーを飲むことにした。深夜〇時を過ぎて、開いている喫茶店がほかになかったからだ。

奇妙な一日が終わって、みんな神経が高ぶっていた。新宿駅で新たなテロが計画されている、という噂が流れていた（のちに地下トイレに青酸ガスの発生装置が取り付けられていたことが発覚した）。

教祖は、世紀末のハルマゲドンを予言していた。不気味な出来事がつづいて、明日なにが起こるのか誰にもわからなかった。

ぼくたちのテーブルの隣に、ブランドもので身を固めたモデル風の若い女の子がいた。店内に客はまばらで、彼女たちの会話は否応なく聞こえてきた。二人は先ほどからずっと、真剣そのものの表情で、観月《みづき》ありさが整形しているかどうかについてしゃべりつづけていた。

ぼくはそのときなぜか、高速道路のサービスエリアで、テレビを見ながら声をあげたIさんのことを思った。彼の属する教団は、世界を霊的に救済し、ひとびとをより高いステージに導くことを目指していた。

それから一週間ほどして、Iさんは教団から姿を消した。

誤報とバッシング

地下鉄サリン事件から一年ほど、ぼくたちの雑誌はオウム真理教について論じることになる。そんなことができたのは、雑誌の記事を読んで、オウムの信者や脱会者が次々と情報を寄せてくれるようになったからだ。いつのまにかぼくたちの雑誌は「中立」とされ、当初の批判の声は止《や》んだ。

だがそれは、「言論の自由」や「表現の自由」が尊重されたからではなかった。

一七年間におよぶ逃亡の末二〇一二年六月に逮捕された菊地直子《きくちなおこ》さん（東京高裁において無罪とされ、検察が上告したが最高裁で無罪が確定）は、事件後、サリンの製造グループの一員として試薬や実験器具の購入を担当したほか、テロの実行犯のリーダーだった井上嘉浩《いのうえよしひろ》元死刑囚の指示で、都庁で青島《あおしま》知事宛ての小包が爆発した事件と、新宿地下街の青酸ガス発生未遂事件にも関与しているとして、ワイドショーやスポーツ紙で「走る爆弾娘」と呼ばれていた（彼女は教団の陸上部に所属し、「オウム真理教」と書かれたユニフォームで大阪国際女子マラソンを完走した）。

この菊地さんと共同生活していたという男性の元信者から手紙が届いたのは一九九五年十

一月で、ライターの大泉実成《おおいずみみつなり》さんが大阪まで本人に会いに行った（『私が愛した『爆弾娘』』『宝島30』一九九六年一月号所収・宝島社）。

男性は（やはりぼくと同世代の）一九五八年生まれで、一九九〇年四月、出家を前にして新大阪駅前のマンションで一人暮らしをしていたところ、入信を親に反対され家出してきた当時十八歳の菊地さんをかくまうよう教団から指示されたのだ。二人はそれから一カ月、ワンルームマンションで共同生活を送るが、それも修行と考えていたため性的な関係はなかったという。

それでも、「朝から仕事に出かけ、夜の七時頃に帰って彼女の用意した食事を食べ（料理は得意だったという）、同じ部屋で寝る」という生活をつづけているうちに、いつしか他人とは思えなくなり、愛情のようなものが芽生えてきたと、男性は語っている。

出家後も二人の交友はつづき、「修行がつらい」「現世に帰りたい」という菊地さんを励ましてきたが、男性の方が先に下向（一般信者に戻ること）してしまった。そのとき、菊地さんを誘おうかずいぶん迷ったという。「もしあの時連れて帰っていたら、こんなことにはならなかったのに」という悔恨が、編集部に手紙を送った理由だった。

この記事が掲載された号が発売されると、ワイドショーなどが競って取り上げた。当時はまだオウムの話題はトップニュースの扱いだったが、マスコミは教団や元信者にアクセスする術をもたなかった。ぼくたちの雑誌は彼らの格好の「ネタ元」で、そんな都合のいい相手をバッシングする理由はなかったのだ。

オウム真理教を同世代の問題（あの頃隣にいた彼や彼女は、なぜカルトにはまったのか）としてとらえるという編集方針は、多くの同世代の書き手の協力がなければ成り立たなかった。ライターの浅羽《あさば》通明《みちあき》さんは、オウム真理教の在家信者として東京大学大学院で文化人類学を学んでいたS氏と白熱の対談をやってくれた（「『思想』としてのオウム真理教　ヒューマニズムとブッディズムの闘争」『別冊宝島229　オウムという悪夢』宝島社）。『完全自殺マニュアル』が大ベストセラーになっていた鶴見済くんは、「みんなサリンを待っていた！　ハルマゲドンと『完全自殺マニュアル』」を書いてくれた。宮台真司《みやだいしんじ》さんは自ら電話をくれて、「『良心』の犯罪者　オウム完全克服マニュアル」という力作を寄稿してくれた。これはのちに、『終わりなき日常を生きろ—オウム完全克服マニュアル』（ちくま文庫）に結実する。

そのなかでも当時のぼくたちの仕事を象徴する記事をひとつ挙げるなら、大泉実成さんの「オウム真理教で修行90日！」になるだろう。大泉さんは、「彼らはなぜ向こう側に行ってしまったのか」という謎を解くべく、事件後にオウムが一般公開した「瞑想ヨーガセミナー」に参加し、修行によって「超越体験」が得られることを確認する。オウムはＬＳＤなどを使って信者をマインドコントロールしていただけではなく、〃信仰〃の根底にはたしかに身体的な変容があったのだ。大泉さんは、「教えが深ければ魔もまた深い」と述懐している（この記事は大泉実成『麻原彰晃を信じる人びと』〈洋泉社〉に収録されている）。

八〇年代を席巻した「新人類」のバイブルは、ともに一九八三年に刊行された浅田彰さんの『構造と力』と中沢新一さんの『チベットのモーツァルト』だ。中沢さんは一九八一年にラマ・ケツン・サンポ氏との共著でチベット密教の瞑想修行体験を書いた『虹の階梯《かいてい》』を刊行しており、オウム真理教の若い信者たちのバイブルになった。

『構造と力』はフランスのポストモダン哲学（構造主義）の明晰《めいせき》な解説書で、『チベットのモーツァルト』は密教の精神世界を日本の読者に紹介した。この二冊の本は合わせ鏡のようになって、「退屈な近代《モダン》を超えろ」というメッセージを知的な若者たちに送り届けた。ぼくの大学生活はそのすこし前だけれど、そう考えれば、「ポモ」にはまったぼくの隣になぜ「精神世界系」の彼らがいたのかがよくわかる。

オウム信者の若者たちは、超越的なちからによって〃自分を超える〃という考えに魅了されていた。知的な若者たちは原始仏教を学び中沢新一さんの密教体験に憧れ、一般の若い信者はマンガやアニメで描かれる超人類《ニュータイプ》になることを夢見たが、彼らを突き動かす衝動は同じで、それを麻原彰晃という稀代《きだい》のグル＝扇動家が束ねていた。

ぼくは「世の中がまちがっている」とも思わなかったし、「ちがう自分になりたい」という願望とも無縁だったので、そんな彼らのことをものすごくバカにしていた。だからこそ、彼らが首都・東京（それは八〇年代バブルの象徴でもあった）で組織的テロリズムを引き起こしたことに驚愕《きょうがく》したのだが、これは、ポモ系が精神世界系に対してもつ（くだらない）優越感へとつながっていく。――オカルトなんかにはまる奴らが、麻原みたいなまがいものにだまされるんだよ、と。

だが現在のぼくの理解では、その当時（二十世紀末）、ポストモダン哲学（というか哲学の領域すべて）は、進化心理学や行動遺伝学などの「現代の進化論」、複雑系やゲーム理論などの数理論理学、ビッグデータを使った統計解析、脳科学や神経生理学などの自然科学によって置き換えられ、急速にその価値を失いつつあった。かつては哲学の定番のテーマだった「意識」は、いまや脳科学によって解明されつつあるのだ。

その一方で、「精神世界」はますますその重要性を増してきている。なぜなら、「新しい知のパラダイム」によれば、ぼくたち（ヒト）は本質的にスピリチュアルな存在（無意識の奴隷、といってもいい）だからだが、それについて語るのには別に一冊の本が必要になるだろう。

「同世代の視点からオウム真理教事件を読み解く」というぼくたちの雑誌はメディア業界のなかで（まがりなりにも）居場所を与えられ、当初の批判はなくなった。しかしその一方で、宗教学者の島田裕巳さんに対するバッシングはますます激しくなっていった。

このバッシングについては、ぼくにも責任の一端がある。

地下鉄サリン事件が起きる前、毒ガス実験をやっているのではないかと噂されていた教団の第七サティアンを島田さんに取材してもらった。教団はそのとき、機材を発泡スチロールの仏像で隠蔽し、それを金色に塗って「宗教施設」と偽っていた。島田さんは、「一〇メートルあまりの金色の巨大な仏頭や、同じくらい大きな釈迦の左手の像がそびえていた」（「サリン製造工場か!?　疑惑の『第7サティアン』」『宝島30』一九九五年三月号・宝島社）と見たままを書いたのだが、地下鉄サリン事件が起きるとその記事が「オウム擁護」の証拠として使われたのだ。

この件についてのぼくの後悔は、サティアンの取材に同行しなかったことだ。

島田さんといっしょに第七サティアンを訪れた編集担当のHくんに聞くと、「建物のなかは薄暗く、仏像までの距離はかなりあり、とにかく巨大だったので、それが発泡スチロール製だなんてまったく思わなかった」という。二人を案内したのは広報の責任者だったIさんで、警察の強制捜査で第七サティアンからさまざまな機材が発見されたあと、Hくんは「最初からだますつもりだったのか」と抗議した。地下鉄サリン事件直後のもっとも緊迫した時期にぼくたちがサティアンの取材を許可されたのは、Iさんが責任を感じたからでもあった。教団の広報担当者までだまされていたのだから、ぼくが同行したとしても、やはり宗教施設だと思ったかもしれない。しかし記事にする以上、編集責任者であるぼくがだまされるべきだった。

地下鉄サリン事件から半年ほどたった一九九五年九月末、『日刊スポーツ』が、島田さんが麻原彰晃からホーリーネームをもらい、幹部の待遇を受けていると一面トップで大々的に報じた。この記事をきっかけに週刊誌やテレビのワイドショーが一方的なバッシングを連日行なうメディアスクラムの状況になり、抗議電話が殺到して島田さんは大学を辞めざるを得なくなる。

島田さんは『日刊スポーツ』を名誉毀損で訴え、裁判の過程で、記者が十代のオウム信者が電話で語ったことを、なにひとつ裏づけを取らないまま記事にしていたことが明らかになった。さらにその信者は、記事が出たあとに自殺していた。島田さんがホーリーネームをもらっていたことも、幹部待遇を受けていたことも、まったくのデタラメだった。

島田さんの提訴から三年がすぎた一九九八年十一月三十日、ぼくは東京地裁までこの裁判の判決を聞きにいった。傍聴席には裁判マニアらしきひとが二、三人いるだけで、新聞社などマスコミ関係者は誰も来ていなかった。判決では当然、島田さんの主張が全面的に認められたが、そのことはまったく報じられなかった。そして『日刊スポーツ』は、この判決を不服として（なんと）控訴した。

裁判は東京高裁で和解し、『日刊スポーツ』は社会面のいちばん下に訂正記事を掲載した（一九九九年六月十三日付）が、やはりすべてのメディアが無視した。デタラメな報道によって島田さんは大学教授の職を失うことになったのだが、『日刊スポーツ』の記事に乗っかって島田さんをバッシングしたテレビ局や雑誌社は、謝罪はもちろん名誉回復のいかなる努力もしようとはしなかった。

しかしいちばん悪質なのは〝人権派〟を名乗るひとたちで、ある弁護士は女性週刊誌で「（島田は）教団の外部スパイみたいなもの。社会的に抹殺するしかない」と罵倒した。これはあまりにヒドすぎるということで、科学史家の米本昌平《よねもとしょうへい》さんを中心に東京弁護士会に懲戒請求がなされたが、弁護士会はその請求を却下した。その理由は、「女性週刊誌の記事は一般に信憑性《しんぴょうせい》がない」というものだった。

同様の名誉毀損や人権侵害はテレビのワイドショーでも頻繁になされたが、島田さんがテレビ局に番組内容の確認を求めても軒並み拒否された。新聞や雑誌は記録が残るが、BPO（放送倫理・番組向上機構）のなかった当時、テレビ局はやりたい放題だったのだ（こうした経緯は島田裕巳『オウム　なぜ宗教はテロリズムを生んだのか』〈トランスビュー〉に詳しい）。

大学を辞めた島田さんはその後、地道な執筆活動をつづけていたが、オウム事件を総括した本を出版したあと、十二指腸潰瘍と甲状腺の病気で入院する。異常に高まった心拍数を抑えるため、薬物で強制的に眠らせる治療を受け、一一日間ひたすら眠りつづけ、眠りのなかで奇怪な幻覚に襲われたという（「逆風満帆／宗教学者・島田裕巳」『朝日新聞「be」』二〇〇七年十月二〇日付）。四一日間に及ぶ入院生活を終えると、島田さんは入院前から取り組んでいた創価学会の研究を手始めとして、在野の宗教学者として次々とベストセラーを書くようになる。これはほんとうにすごいことだと思う。

一九九五年は、日本にとってもぼくにとっても特別な年だった。

正月も明けたばかりの一月十七日、神戸市を中心に兵庫県南部を大地震が襲い、約六五〇〇名の死者と三〇万人を超える被災者を出した。

連日、テレビ画面に映し出される壊滅した街の様子は、大友克洋のマンガ『ＡＫＩＲＡ』の冒頭で描かれた爆心地のようだった。家も、仕事も、財産も、これまで築き上げてきたものすべてを一瞬にして失ってしまう残酷さを、このときすべての日本人が目の当たりにした（これと同じ残酷さを、日本人は二〇一一年三月十一日にふたたび目にすることになる）。

三月二十日にはオウム真理教による地下鉄サリン事件が発生し、たまたま乗り合わせた乗客の多くが被害を受け、一三名が死亡した。「世界一安全」なはずの日本で、カルト教団が化学兵器による大規模なテロを実行するという前代未聞の事件が起きた。

オウム真理教への強制捜査が行なわれ、麻原彰晃が逮捕されたのが五月十六日で、それ以降、幹部たちが次々と逮捕されマスコミの報道はオウム一色になった。サンスクリット語のホーリーネームやポア、タントラヴァジラヤーナといったチベット密教の宗教用語が週刊誌やスポーツ新聞、テレビのワイドショーを埋め尽くした。

世界じゅうを驚愕させたオウム事件が一段落したその年の秋に、「ウィンドウズ95」の日本語版が発売され、「パソコン」と「インターネット」の大ブームがやってきた。新宿や秋葉原の大型電器店の店内は、殺到する客で通勤ラッシュのような有様だった。

ぼくたちの雑誌は、もはや誰もオウム真理教に興味をもたなくなった頃に休刊となった。いまから思えば、時代的な使命を果たし終えたということなのだろう。

ぼくはその頃部長になっていて、その上は取締役になるのだが、このまま会社でずっとやっていくか迷っていた。当時は（たぶんいまも）出版業界の転職の上限は三十五歳といわれていて、その年齢を超えたことで人生の岐路に立たされていたのだ。

その年の冬、街には「DEPARTURES」という曲がどこでも流れていた。globeというバンドも、小室哲哉《こむろてつや》というミュージシャンもそれまでまったく知らなかった。

そんなある日の夕方、ぼくは新宿東口の大型電器店の前で立ち尽くしていた。店内にはパソコンや周辺機器が所狭しと積み上げられ、さまざまなソフトウエアが並べられていたが、ぼくにはそれがなんのためのものなのかまったくわからず、店員の口上やチラシの説明を一言半句も理解できなかった。

カルト教団の引き起こした異常な事件と、「ウィンドウズ95」が予告する光り輝く未来とのあいだには、気の遠くなるような距離があった。

気づかないうちに世界がまるごと変わってしまった——。

そのときの呆然とした自分の姿を、いまでもときどき思い出す。


こうして振り返ってみると、ぼくにとっての「80's」とは、大学を卒業した一九八二年からオウム真理教による地下鉄サリン事件が起きた一九九五年までということになるだろう。恥ずかしい言い方を許してもらえるのなら、この「長い八〇年代」がぼくの青春だった。

そして誰もが知っているように、この特別な時期はやがて終わることになる。

1995-2008
マイ・ハート・ウィル・
ゴー・オン

ひとはけっきょく同じことを繰り返しているだけではないのか

これでぼくの話はだいたい終わりなのだけど、最後にちょっとだけ後日談を書いておきたい。

大学四年の秋、マクドナルドで掃除のバイトをしていたぼくは、スーパーバイザーのカネコさんにいわれて就職活動をすることになり、卒業と同時に新橋の雑居ビルにある零細出版社で働くことになった。社長は五十代の村田さんで、その下に二十代後半の二人の編集長がいた。佐藤さんは代理店ビジネスの雑誌をつくっていて、赤川さんは新雑誌の創刊準備中だった。それが海外宝くじの専門誌で、ぼくは赤川さんの下で一年ほど働くことになる。

それからかなりたって、ぼくはこの三人と思わぬかたちで「再会」することになる。

「君、活躍してるみたいじゃないか」と、突然、赤川さんから電話がかかってきたのは一九九八年春のことだった。「いろんなところで君の話を聞くぞ」

当時ぼくは、前の会社を辞めて、御茶ノ水にある出版社で新しいムックのシリーズをつくっていた。

「ちょっと相談があるんだ」挨拶もそこそこに赤川さんはいった。「電話じゃうまく説明できないから、会社に来てくれないかな。六本木のど真ん中だからさ」

赤川さんの会社は、地下鉄六本木駅のすぐ隣の日産ビルにあった。現在は六本木ヒルズのノースタワーになっている。

エレベーターに乗ると、そのフロアには会社の名前がひとつしか書いてなかった。驚いたことに、赤川さんの会社はこの超一等地のビルのワンフロアをまるごと借りていたのだ。でも、もうひとつ驚いたことがある。そのだだっ広いフロアはがらんとしていて、隅の方に年配の男性が四〜五人、机に向かって黙って仕事をしているだけなのだ。彼らはぼくが入ってきたことに、なんの興味もないようだった。

赤川さんは、いちばん奥の社長室に一人で座っていた。新橋の会社を辞めてからいちども会っていなかったから一五年ぶりの再会になるけれど、もじゃもじゃのアフロヘアも、小太りの体型も、ぞんざいな話し方も、ぜんぜん変わっていなかった。

「すごいじゃないですか」オフィスを見回して、ぼくはいった。「でも、なんで誰もいないんですか」

「それが君、ヤバいんだよ」赤川さんは小さくため息をついた。「かなりヤバいんだ」

ぼくはまったく知らなかったのだが、大蔵官僚から富くじ法違反だといわれて雑誌を休刊してからも、赤川さんは海外宝くじのビジネスをあきらめなかった。そして元バックパッカーらしく、日本がダメなら海外でやればいいじゃないかと思いついた。

行動力のある赤川さんは、さっそくロサンゼルスに飛んで、現地でぶらぶらしている日本人の女の子たちに声をかけて会社をつくった。そこで海外宝くじの購入代行をやるのだ。でも、どうやって?

その方法は、びっくりするほど単純だった。

赤川さんは、以前と同じように海外宝くじを紹介する雑誌をつくり、スポーツ紙などに年間購読の広告を出した。オーストラリアやドイツの宝くじも扱っていたようだが、メインはアメリカで販売されているジャックポットと呼ばれる当せん金の上限がないロト宝くじで、賞金額はときに一〇〇億円を超える(これまでの最高額は二〇一七年の約八三〇億円)。

記事を読んでジャックポット(パワーボールとメガミリオンズがある)を買いたくなった読者は、現金をそのまま封筒に入れ、エアメールでロサンゼルスに送る。それを受け取った日本人スタッフは、名前と入金額を記録して宝くじを買いにいくのだ。

「それでよく事故が起きませんね」ぼくは驚いて訊いた。

「エアメールはけっこうちゃんと届くんだよ」赤川さんはいった。

「そうじゃなくて、現地にいるスタッフがお金を持ち逃げしたってわからないじゃないですか」

「なんで？」不思議そうに赤川さんが訊いた。「そんなトラブルは一件もないよ」

どうやら日本人の女の子は、たとえロサンゼルスで自分さがしをしていても、真面目で几《き》帳面《ちょうめん》なので、送られてきた現金をきちんと管理し、宝くじを買い、差額の利益を会社の口座に入金していたようなのだ。

現地で購入した宝くじは読者に郵送し、雑誌に当せん番号を掲載する。当せんしていたら、読者は当たりくじをロサンゼルスに送って換金してもらう。赤川さんによると、これまでに一億円以上を当てたひとが何人かいるという。そのときも現地の日本人スタッフは当せん金を着服したりせず、ちゃんと送金していた。――赤川さんはぼくたちがつくった購入代行のモデルをそのままずっとつづけていたのだ。

しかしもっとびっくりしたのは、この原始的な商売で赤川さんがものすごく儲けたことだ。会社を独立させて大きな利益が出るようになると、赤川さんは六本木交差点にある三菱銀行（当時）六本木支店の上にオフィスを構えた。そこからさらに、日産ビルのワンフロアに移り、事業をさらに拡大させようとしていた。

ところがここで、突然の不運が赤川さんを襲う。警察の強制捜査が入ったのだ。

「刺されたんだよ」赤川さんがいった。「ある大手企業が海外宝くじのビジネスに参入しようとして、警視庁に相談にいったんだ。〝そんなの違法に決まってる〟と一蹴されたんだけど、その会社が〝あそこがやってるじゃないか〟と抗議して、警視庁も格好がつかなくなったんだ」

それでも赤川さんは、強制捜査はたいしたことじゃないといった。

「富くじ法では、購入者を処罰しないで取次いだ者だけを罪に問うことはできないんだ。うちを通して海外宝くじを買った読者は何千、何万人といるだろ。そのひとたちを全員、起訴することなんてできるわけないんだから、かたちだけなんだよ」

強制捜査を受けたいちばんの影響は、社会的な評価の毀損にあった。これまでのようにスポーツ新聞に海外宝くじの雑誌広告を打てなくなってしまったのだ。どの新聞社も、いかがわしい広告はＯＫでも、警察に目をつけられたものは受けつけないのだ。

「広告が打てないと読者は増えないから事業はジリ貧になるだけだ。それで、思い切って本格的な出版業に挑戦しようと思ってるんだ」と、赤川さんはいった。そのために出版社も買収したという。平凡社の雑誌『太陽』の編集者たちが独立してつくった会社で、バブル期に話題になったサブカル系の雑誌を発行していた（というと当時の読者はすぐにわかると思うが、青人社《せいじんしゃ》の『DoLiVe（ドリブ）』のことだ）。

「ところが俺は、出版のことはあまり詳しくないだろ。編集部から、〝表紙は篠山紀信《しのやまきしん》じゃなきゃダメだ〟といわれてOKしたんだけど、ものすごくカネがかかるんだよ。それで、客観的な立場からアドバイスしてくれる人間がどうしても必要だと気づいたんだ」

ここまできてようやく、ぼくが呼ばれた理由がわかった。打ち出の小槌《こづち》だった海外宝くじの事業がダメになって、赤川さんは出版事業で再起を図ろうとしていた。しかしその一方で、自分がいいように利用されているのではないかと疑心暗鬼にもなっていた。それで、赤川さんの意向をわかったうえで出版事業を管理する人間を探していたのだ。

がらんとしたオフィスの一角で、もくもくと仕事をしているひとたちを思い出した。そこがこの会社の編集部なのだろう。ぼくにできることはなにもなさそうだった。

ひととおり話を聞いたあと、出版業界の一般的な状況（その当時、サブカル雑誌のバブルはすでに崩壊して、ヘアヌード雑誌に変わったりしていた）を説明した。

むずかしい顔でうなずいていた赤川さんは、「もし困ったことがあったら相談していいか？」と訊いた。ぼくは、「いつでも電話してください」とこたえた。

赤川さんと別れたあと、六本木の街を歩くと、前年に大ヒットした映画『タイタニック』のテーマ「マイ・ハート・ウィル・ゴー・オン」がカフェや書店やレコード店などあちこちから聞こえてきた。雑踏のなかで、「ひとはけっきょく同じことを繰り返しているだけではないのか」とぼくは思わず考え込んだ。

じつはその頃、ぼくは海外投資やタックスヘイヴン（租税回避地）について調べはじめていた。橋本龍太郎《はしもとりゅうたろう》政権の大々的な音頭で始まった「金融ビッグバン」で、個人の資産運用の可能性がどのように広がるか知りたかったのだが、海外宝くじの法律的な問題は、日本人が海外投資をするときと瓜二つだったのだ。

大学卒業後、たまたま入った会社でぼくは赤川さんのアイデア（というか妄想）に巻き込まれ、海外宝くじの購入代行システムをつくった。そのプロジェクトはすぐに頓挫し、その後はまったく関係のない仕事をしていたので思い出すこともなかったのだが、その記憶は無意識のなかでずっと生きつづけていて、だからこそ法律的なグレイゾーンにあるタックスヘイヴンに惹《ひ》きつけられるんじゃないだろうか……。

その後、赤川さんから連絡はなかった。

赤川さんの話はこれで終わるはずだったのだが、この原稿を書いているときに、赤川さんが買収した出版社のひとが、当時のことを回想した文章をインターネットに公開しているのを見つけた。この本は記憶だけにもとづいて書くつもりで、そのため個人名も原則として仮名にしているのだが、正確を期したいとも思っているので、この回想記からいくつか追記しておきたい。

平凡社の看板雑誌だった『太陽』は多くの才能ある作家・ライター・カメラマンや編集者を輩出したものの、百科事典の販売が落ち込むなかで経営の重荷になっていった。そこで一九八一年に嵐山光三郎《あらしやまこうざぶろう》さんらが独立して青人社を設立し、学研のバックアップで創刊したのが月刊『DoLiVe』だ。創刊号の表紙はバカボンのパパで表紙コピーは糸井重里、その後は篠山紀信撮影でヘアヌード写真の袋とじを考案するなど話題を集めたもののバブル崩壊後は売上が失速し、新たなスポンサーを探していたときに赤川さんと出会ったようだ。

回想記によると、そのとき赤川さんは海外宝くじ事業で大成功していて、横浜の鶴見に豪邸を建て一〇億の資産を持っていたという。「一夜にして大富豪になりたい」という宝くじマニアの夢は赤川さんを大富豪にしたのだ。

赤川さんは青人社の買収にあたって、「しばらく赤字でも困らないだけの資産はあります」といい、「社員はひとりも解雇しない」「当面、今の雑誌編集に口は出さない」と約束したという。

赤川さんが買収を決意したのは、海外宝くじ事業の将来性を危惧していたからだった。インターネットの普及とともに、「海外宝くじの購入代行」をうたう業者が続々と現われ、一部では宝くじを購入者に郵送しないなどでトラブルになっていた。グレイゾーンのビジネスから足を洗い、まっとうな出版業に転身したいというのは赤川さんの本心だったのだ。

強制捜査を受けたときのことについては、ぼくの記憶（赤川さんの説明）と若干の齟齬《そご》がある。

回想記によると、強制捜査の翌日、赤川さんは警視庁に任意同行を求められ、その場で逮捕・勾留されていた。当初の容疑は「海外宝くじの販売斡旋《あっせん》に関する詐欺容疑」だったが、赤川さんの会社が宝くじの現物を購入者に送っていたことから詐欺罪は成立せず、「富くじ罪」に切り替えられたという。

赤川さんはぼくに、「警察が宝くじを買ったひとたちすべてを罪に問えるはずはない」といったが、回想記によれば、警視庁は押収した顧客リストにもとづいて、海外宝くじを購入したひとたちに事情聴取を行ないはじめた。会社にはパニックになった顧客からの解約電話が殺到し、応対する女の子たちが泣き出す修羅場になったという。

勾留された赤川さんは当初、「違法性はない」と突っぱねていたが、会社の惨状を知ると弱気になって、略式起訴による罰金刑を受け入れた。釈放された赤川さんが真っ先にとった行動は会社を畳むことで、社員全員が即日解雇された。こうしてだだっぴろいフロアに、青人社と赤川さんだけが残ることになった。

赤川さんのビジネスモデルでは、為替手数料を上乗せした価格で海外宝くじを販売するのだから、利益はロサンゼルスの購入代行会社に貯《た》まっていく。その利益を広告宣伝費として日本の会社に還流させていたのだが、関係者は誰も、ロサンゼルスの会社の代表を赤川さんが兼ねていたことを知らなかったようだ。

いくら日本人の女の子が真面目だといっても、莫大《ばくだい》なお金が入ってくる会社の代表者を第三者に任せることはできなかったのだろう。だがこれが、赤川さんの命取りになった。自分が社長では、海外宝くじを取次いでいたことを否定できないのだ。

前後の経緯を考えると、回想記の記述がおそらく正しいのだろう。ぼくが訪れたのは逮捕された赤川さんが罪を認め、社員全員を解雇したあとだったのだ。なぜ事実と異なる説明をしたのかは想像するしかないが、逮捕されて有罪となり前科がついたことや、会社をつぶしたことをいいたくなかったのではないだろうか。

赤川さんは自ら陣頭指揮をとって青人社を建て直そうとしたがうまくいかず、スタッフも次々と辞め、最後は会社を切り売りして、ぼくと再会してから二年ほどで倒産したらしい。回想記によれば、赤川さんは国民金融公庫や東京信用保証協会、印刷会社などに巨額の借金・債務を抱えていて、倒産と同時に失踪したという。

さくら銀行を「恐喝」した村田社長

新橋の零細出版社でぼくのはじめての上司だった赤川さんは、海外宝くじビジネスで資産一〇億という大成功をおさめたものの、けっきょくはなにもかも失って失踪してしまった。その出版社には、佐藤さんというもうひとりの編集長と、温厚で品のいい社長の村田さんがいた。ここでは、二人のその後についても書いておきたい。

赤川さんから六本木の日産ビルに呼び出されるすこし前、一九九八年一月に「さくら銀行データ流出　銀行側を恐喝未遂容疑　名簿業者を逮捕」という見出しを新聞で見かけた。なぜこの記事が目に留まったかというと、逮捕された名簿業者の名前に見覚えがあったからだ。

——それは村田社長だった。

村田社長のことで覚えているのは、福山出身で広島大学卒業だということと、いろいろなビジネスを手がけてはつぶしてきたらしいこと、それにいつも仕立てのいいスーツを着ていたことくらいだ。逮捕されたときが七十三歳だから、そこから逆算すると一九二五年生まれで、二十歳で終戦を迎え、ぼくが入社したときは五十代後半だった。父親と子どもの年齢だが、ほかの社員がみんな若かったのでものすごく年上に思えた。

村田社長が同窓会名簿や社員名簿、ＰＴＡ名簿などさまざまな名簿を買い集めたのは、通信販売ビジネスを研究したときに、この商売の肝は「なにを売るか」ではなく「誰に売るか」だと気づいたからだという。そして、通販のインフラである名簿の巨大なデータベースをつくることを思い立ったのだ。

その村田社長が、なぜ逮捕されることになったのだろうか。

報道によると、さくら銀行（合併後は三井住友銀行）から大量の個人情報を持ち出したのはシステム開発のために派遣されていた三十四歳のプログラマで、自分のフロッピー二枚に、約二万人の顧客の氏名や住所、生年月日、勤務先のほか住宅ローンの有無などが含まれた情報を保存した。調べに対してプログラマは、「顧客データが名簿業者に高額で売れると聞いて思いついた。（一九九七年）十一月初旬、二十万円で売った。すべて自分一人でやった」とこたえている。このデータを買ったのが、村田社長だった。

これも報道によると、村田社長は九七年十二月と九八年一月の二回にわたり、さくら銀行の行員に対して「数万人のデータを持っている。テレビ局と新聞社に流したので、記事になる。賛助会員になって入会金などを払えば、相場より安くデータを売ってやる」などと要求、また「預金者プライバシー風前の灯《ともしび》！　情報漏洩《ろうえい》事件に尻尾を見せたさくら銀行の不思議な行動」などと題した文書が入力されたインターネット用フロッピーを渡すなどし、さくら銀行から金を脅し取ろうとしたとされている。

しかしその一方で、村田社長は新聞記者の取材に対して「さくら銀行のデータは相当いい値で売れるだろう。しかし、この商売は道楽でやっているようなものなので、金を得ようとは考えていない」などと話していて、これだけでは事実は判然としない（『朝日新聞』一九九八年一月九日付）。

村田社長がなぜこんな危ない橋を渡ったのかはわからないが、暴対法（暴力団対策法）が施行される前は、銀行のような評判を重んじる会社は不都合な情報流出をカネで解決していたのではないだろうか。だが暴力団に対する社会の目がきびしくなりコンプライアンス（法令遵守）が求められるようになると、そのような要求はすべて警察に通報されることになった。

ちなみに東京地方裁判所に確認したところ、村田社長の名前は刑事被告人にはなかった。この場合、簡易裁判所での「略式起訴」、被疑事実が明白だが裁判をするまでもないと検察が判断した「起訴猶予」、裁判において有罪を証明するのが困難と判断された「嫌疑不十分」などが考えられるが、簡易裁判所や検察庁は一般の照会に応じていないので、そのどれに該当するかを知る術はない。

村田社長の事件は、個人情報保護法制定にとってもエポックメイキングな出来事だった。さくら銀行から個人情報が大量流出したことが明らかになったときは、「情報を盗む罪」に対する法律の規定がなかった。プログラマが自分のフロッピーを使用していたことから警視庁は窃盗容疑での立件を断念し、いっしょに持ち出したコンピュータのマニュアル書類についてのみ、システム開発を請け負った会社の「財物」と認定して業務上横領容疑を適用した。こうして、個人情報を保護するための法律の制定が急がれることになった。

二〇〇五年四月に同法が施行されるにあたって、村田社長は「一部上場企業から大学の同窓会、健康食品、アダルトグッズ購入者の名簿まで、所有する個人情報は五億件を超える」と名簿業者として新聞記者のインタビューにこたえている。逮捕にもめげず、その後も名簿ビジネスをつづけていたのだ。

村田社長は、ダイレクトメール業者などに名簿のコピーを販売してきたものの、法律が施行されると、本人の同意なく個人情報の目的外利用や第三者提供が禁止されることになり、事業が存亡の危機に立たされていることを認めた。「人探しと調査用」目的での利用に限定し、コピーは禁止して閲覧のみにして、「当面、これで営業してみて（監督官庁に）駄目だといわれれば、やめるしかない。できないのであれば、別の商売も準備している」と意気軒《けん》昂《こう》に語っている（『毎日新聞』二〇〇五年三月三〇日付）。このとき八十歳を超えていたはずだが、それでも新しいビジネスを始めようとしているのが村田社長らしい。

その後は社名を変えて何年か営業していたようだがやがて消息が途絶え、村田社長が心血を注いで収集した膨大な名簿がどうなったのかも不明だ。

夢は人生を蝕んでもいく

代理店ビジネスの雑誌の編集長をしていた佐藤さんは赤川さんと同い年で同じ大学の出身だったが、先に入社して雑誌を任されたこともあり、社内では村田社長に次ぐナンバーツーの地位にあった。いま思えば佐藤さんと赤川さんのあいだには強いライバル意識があって、それがその後の二人の人生にも深く刻印されているようだ。

入社当時、佐藤さんは二十代後半で、これまで会ったことのないタイプのひとだった。いつも三つボタンのジャケットで、感情を込めずに論理的に話し、自分の仕事に強い自負をもっていた。

ぼくがもうひとつ驚いたのは、趣味が高尚なことだった。音楽はクラシックとオペラ、ワインをこよなく愛し、貴腐ワインがどのようなものかを得々と話した。ちなみに貴腐ワインとは、白ワイン用のブドウをカビに感染させて糖度を上げたデザートワインで、ハンガリーのトカイ地方のものが有名だ。ぼくは最近になってブダペストのワイン祭りではじめて飲んだが、佐藤さんは三〇年以上前に知っていた。

そんな佐藤さんがなぜ場末の零細出版社にいたのかはわからないが、雑誌は一九七四年の創刊だから、大学卒業と同時に（あるいは在学中に）村田社長と出会い、いきなり雑誌を創刊したことになる。

ぼくは最初、佐藤さんから雑誌づくりの基本を教えられたのだが、それが印刷所や広告代理店のひとたちのいうこととずいぶんちがうのがずっと不思議だった。でも、それがすべて自己流だとわかれば謎は解ける。ふつうは社会人になってからビジネスを学ぶのだが、佐藤さんは学生時代にすでに「ビジネスマン」として完成していたのだ。

佐藤さんは、「儲ける」ことへの情熱が突出していた。それも額に汗して働くのではなく、頭を使ってロジカルに儲けるのが理想なのだ。

代理店ビジネスは、商品やサービスを自社で販売するのではなく、代理店を募集して全国展開するのが基本モデルで、小資本でも始められて流行に乗れば大きな利益が期待できるのが魅力だ。

佐藤さんの雑誌の読者は、新しくビジネスを始めたいベンチャー起業家か、儲かるビジネスの代理店になっていい思いをしたい他力本願のひとたちで、数としては後者が圧倒的に多かった。要は、一攫千金《いっかくせんきん》を狙う起業家が〝カモ〟を見つけるのに使っていた雑誌、ということだ。

佐藤さんとうまくいかなかったのは、ぼくがこの雑誌の読者をバカにしていたからだろう。

記事で紹介されているのはどことなくうさんくさいビジネスばかりで、そんなものの「専属代理店」になるために何十万円、何百万円も出すひとたちの気が知れなかった。

誰かがそういうことを匂わせると（それはたいてい赤川さんだった）、ふだんは大学教授のような話し方をしていた佐藤さんは烈火のごとく怒った。雑誌は彼にとって分身のようなもので、読者をバカにするのは佐藤さんの存在理由《レゾンデートル》を全否定することなのだ。

世の中の主流からはじき出されたひとたちは、大企業で出世するとか、医者や弁護士になるとかの世間一般の「成功」からは見捨てられているが、だからといって金持ちになることをあきらめたわけではない。というか、逆にそれだからこそカネに執着したりする。

いまから思うと、佐藤さんは日本の社会にそういうひとたちがたくさんいることに気づいていて、彼らのための「情報誌」をつくろうとしていたのだろう。大学を出たばかりのぼくにはまったく理解できなかったが、それはたしかにある種の慧眼《けいがん》ではあった。

村田社長が銀行を恐喝した疑いで逮捕され、赤川さんの会社が強制捜査を受けた頃、佐藤さんの名前を書店で目にするようになった。いつのまにか、中高年の富裕層をターゲットにしたライフスタイル雑誌の出版元になっていたのだ。もうひとつ驚いたのは、会社の住所が虎ノ門の森ビルになっていたことだ。新橋の雑居ビルから比べればものすごい出世だった。

佐藤さんの会社が倒産したのを知ったのは、絶好調だったこのライフスタイル雑誌（思わせぶりにいうこともないので、いまは三栄《さんえい》書房から発行されている『男の隠れ家』のことだ）がトラブルに見舞われているという記事が週刊誌に出たからだ。

二〇〇八年十二月十五日、全社員を集めた緊急朝礼で、佐藤さんは「今日で閉めます。三時までに会社を出てください」と宣言した。負債総額は二四億六〇〇〇万円だが、雑誌の売れ行きは好調で広告も入っており、出版部門の負債は六〇〇〇万円ほどしかないから、計画倒産ではないかとの風評も流れたという。佐藤さんが、青山の〝億ション〟に住んでいると自ら話していたことも疑われる理由になったようだ。

だが破産申請の代理人になった弁護士によると、倒産の原因は投資部門がうまくいかなかったことで、「不動産などは売却、親族からも無心していたようですが、ついに銀行融資も止まって、首が回らなくなった。会社と一緒に社長自身も自己破産したのです」という。

佐藤さんの近況について関係者は、「家もなくなっていますから、知人の家に身をよせているそうです」と語っている（『週刊新潮』二〇〇九年一月八日号）。

当時はリーマンショックの直後で、株価は暴落し、経営に行き詰まる会社は珍しくなかった。その前にはライブドアなどベンチャー企業の投資ブームもあったから、風呂敷を広げすぎて収拾がつかなくなったのだろうと思っていた。

これは今回はじめて知ったのだが、それから五年後、二〇一三年一月に佐藤さんは、「バルチック・システム」という会社の元代表といっしょに出資金詐欺の疑いで逮捕されていた。それを報じた新聞記事によると、バルチック・システムは「バルチックカレー」というカレー店チェーンの運営会社だ。一時期はテレビでも紹介されるほど人気のカレー店だったという。

バルチックカレーの元代表は、国内のチェーン展開に成功したことから中国進出を決意し、二〇〇四年に香港に出店、〇六年からは北京、上海、蘇州《スーチョウ》などに五店舗を展開したものの商習慣のちがいなどから撤退を余儀なくされた。この中国進出に際して、バルチックカレーは佐藤さんの雑誌を通じて出資を募り、約三〇〇人から二億三五〇〇万円を集めたという。

もうひとつの容疑は二〇〇八年五月、やはりバルチックカレー元代表の発案で、雑誌の臨時増刊号を使って「サウジアラビアから中国・青島《チンタオ》に重油を運搬する事業に出資すれば年78%の配当が可能」などと投資を勧誘し、四十〜六十九歳の男女一一人から計九五〇万円をだまし取ったことだ。

こうした経緯を見ると、バルチックカレーの元代表は、中国進出に失敗したことで投資家への配当ができなくなり、自転車操業になって、「サウジアラビアから中国に重油を運搬する」という投資話をでっちあげたようだ。佐藤さんはこの投資話を自分の雑誌で勧誘したことで、詐欺の共犯と見なされたのだろう。

なお、これも東京地方裁判所に確認したところ、バルチックカレーの元代表は懲役四年六カ月の実刑判決（執行猶予なし）という重い罰を科せられたが、同じときに逮捕された佐藤さんは裁判にはかけられていないようだ。


大学卒業後にぼくがたまたま入った会社の社長と二人の上司は、このようにしてみんな逮捕されてしまった。こう書くとまるで犯罪者集団みたいだけど、実際はそんなことなくて、みんなごくふつうのひとたちだった。社会の周縁でビジネスをしていると、ちょっとしたきっかけで塀の向こう側に足を踏み外してしまうのだ。

大学生の頃のぼくは、ゴーゴリの『外套』やドストエフスキーの『地下生活者の手記』に強い影響を受け、「社会の底辺にこそ〝ほんとう〟がある」と思っていた。それを、まともな会社に行けない言い訳に使っていたということでもある。出版業界の「最底辺」の会社になんとか潜り込んだものの、そこで自分がなにをしているのかもぜんぜんわかっていなかった。そして一年たって、こんなところにいても仕方がないと気づいて会社を辞めた。

その会社の社長や上司の数奇な運命はこれまで述べたとおりだが、これを「敗者」と切り捨てることはできないだろう。資産一〇億で六本木の日産ビルのワンフロアを借り切ったり、虎ノ門の森ビルにオフィスを構えて人気雑誌を発行することなど、ふつうはできないのだから。

ぼくが社会人になってはじめて出会った三人に共通するのは、メインストリームでは生きられないことと、成功への執着ではないだろうか。それを、夢という言葉に置き換えてもいい。

夢をもつことはたしかに素晴らしいが、それは人生を蝕んでもいく。世間知らずの当時のぼくはまったく気づかなかったけれど、そこにはたしかにこの社会の〝ほんとう〟があったのだ。

Epilogue
Redemption Song

大麻取締法違反で逮捕され、編集プロダクションを解散した青山正明さんは、一時出版社に所属したもののうつ病で出社できなくなった。その後、つき合いはなくなったのだが、二〇〇一年七月に写真週刊誌で名前を見ることになる。

「自殺していたカリスマ『麻薬ライター』」と題された記事にはこう書かれていた。

「6月17日、神奈川県在住の男性が首を吊って自殺した。『遺書はなく、死の数時間前にうどんを作って食べていた』(遺族)というから、発作的なものだったのかもしれない。その死はインターネットで速報され、遺族には問い合わせが殺到した。自殺したのはフリーライターの青山正明。享年40」(『FOCUS』二〇〇一年七月十八日号)

記事によれば、逮捕後の青山さんはうつ病で入退院を繰り返すようになり、奥さんとも別れて実家で暮らしていたという。

『危ない1号〈第4巻〉青山正明全仕事』で一四年間のライター生活の軌跡をまとめたとき、青山さんは「もうこれでお終《しま》い」「(肉体と快楽についてのこれまでの仕事を)語り尽くし、それらを過去へと葬り去り、次なるステップへと進む礎でもある」と書いていた。

編集プロダクションでいっしょに仕事をしていた吉永嘉明《よしながよしあき》さんによると、うつのために仕事ができなくなった青山さんは実家で母親と暮らすようになったものの、ヘロインと覚醒剤を交互に使用し、そのリバウンドとドラッグ購入のための借金に苦しんでいた。その最後の姿を、吉永さんはこう書いている。

青山さんの葬儀で、僕は棺桶に入った冷たい遺体を見た。デスマスクにも触れた。(中略)その顔は苦痛に歪み、ホラー映画のようで、いかにも苦しい、という顔をしていたのだ。顔色もドス黒い緑色をしており、化学物質の摂《と》りすぎという不健康な印象を与えた。(中略)

青山さんの死に顔は、まるでムンクの「叫び」のような、恐怖でゆがんだ表情だった。

——吉永嘉明『自殺されちゃった僕』(幻冬舎文庫)

青山さんたちといっしょに『気持ちいいクスリ』をつくったMくんは、オーストラリア旅行から戻ったあと、さらに生活が荒れ、奥さんと子どもとも別れた。インド放浪のあとはしばらくアダルト雑誌のライターをしていたが、その仕事も辞めて沖縄にいるらしいと噂で聞いた。

ある日、そのMくんから電話がかかってきた。小説『永遠の旅行者』を出した頃だから、二〇〇五年の暮れだろうか。

Mくんは、いまは那覇市内のNPO法人で働いているといった。そこは、東京などから不登校の子どもたちを引き取って、学校や社会に適応できるよう手助けしているのだという。経営者は地元では有名な女性で、これからさまざまな分野に事業を拡大していこうと考えている。Mくんはその責任者に抜擢《ばってき》され、事業のための資金を貸してくれないか、というのだ。いかにもうさんくさい話だが、Mくんがあまりにも必死に頼むので、聞いている途中でちょっとかわいそうになった。それで、指定された銀行口座にいくらか送金してあげた。

入金を確認すると、「かならず返しますから」とMくんは繰り返した。

それからしばらく音信不通だったが、二、三年たって、Mくんから突然、電話がかかってきた。

長いこと報告できなかったことを詫びると、Mくんはアルコール依存症で入院していたのだといった。病気の自覚はまったくなかったのだが、NPO法人で働いていた女性から、「あなた、アル中だから病院に行かなきゃダメよ」といわれたのだという。その女性は夫が依存症で、Mくんの様子を見てすぐに気づいたのだという。

そうしたら、入院中にNPO法人がトラブルに巻き込まれた。不登校の子どもたちを支援する事業を立ち上げた女性は沖縄の地方紙やテレビでも紹介される著名人だったが、その知名度を悪用して地元の携帯電話会社からプリペイドの携帯電話を大量に提供してもらい、それを振り込め詐欺グループに売りさばいたのだという。経営者は詐欺罪で逮捕され、ＮＰＯ法人は解散し、退院したＭくんは行くところがなくなってしまった。

「それで、これからどうするの？」と、ぼくは訊いた。

「九州に行こうかと考えてるんです」とＭくんはこたえた。なんでも鹿児島の田舎に住み込みを探している寺があって、そこから誘われているのだという。

「そこで生活を立て直して、借りているお金を返しますから」とＭくんはいった。

「そんなことといいから、落ち着いたらまた連絡してよ」と伝えて、ぼくは受話器を置いた。

それからまた何年かたって、那覇の司法書士事務所から封書が届いた。なんだろうと思って開けてみると、Ｍくんが自己破産を申請したという通知だった。ぼくも債権者のリストに入っていたらしく、自己破産に同意するかどうかを書面で回答するよう求めていた。

返済を期待して貸したお金ではないからもちろん債権放棄に同意したのだが、その書類にＭくんの住所が記載されていた。そこは那覇市内の「朝日のあたる家」となっていた。

「朝日のあたる家」はボブ・ディランやアニマルズの演奏で有名なアメリカのフォークソングで、ニューオリンズのスラム（売春宿とも刑務所ともいう）で育ち、身を持ち崩した男の歌だ。インターネットで調べてみると、たしかに那覇に「朝日のあたる家」はあった。そこは、路上生活者や生活困窮者のための宿泊施設だった。

二〇一六年二月、ぼくは本の取材のため二十年ぶりに沖縄を訪れた。太平洋戦争末期の沖縄戦で集団自決の起きた渡嘉敷島《とかしき》と座間味島《ざまみ》に行く予定だったのだが、羽田空港の手荷物検査場で渡嘉敷島のホテルから電話がかかってきた。大シケでフェリーの欠航が決まり、島に渡ることができなくなったから宿泊予約をキャンセルするという連絡だった。

しかたがないので那覇市内にホテルをとったのだが、こんどはすることがなくなってしまった。そのときふと、Mくんのことを思い出した。

「朝日のあたる家」は、市の中心部からタクシーで一〇分ほどのところにあった。木造アパートのようなところを想像していたのだが、意外なことに、そこは廃業したビジネスホテルを改装したらしい七、八階建ての立派な建物だった。正面玄関の前が駐車場になっていて、自動販売機が置かれている。一階が広いホールになっていて、脇の階段に「宿泊者以外立ち入り禁止」の札が出ている。ホールの前を、痩せた老人が何度も往復していた。

受付らしきものはなく、内線電話も見当たらないので、その老人に事務所の場所を訊いてみた。老人は立ち止まってぼくの顔を見たが、口をもごもごさせるだけで、目の焦点があっていない。なにを訊かれているのか理解できないようだ。

困り果てて外に出ると、施設名の横に電話番号が書いてあるのに気がついた。電話をするとすぐにつながって、事務室は建物の裏手にあるのだと教えてもらった。

事務室には五、六人のひとが働いていた。入口の近くにいた初老の男性が応対に出てくれたので、自己紹介のあと、「むかし同じ会社にいた友人がここにお世話になっていたはずなんですけど」と、Mくんの苗字を告げた。するとその男性は、びっくりしたような声で「カケルくん?」といった。驚いたことに、Mくんはまだこの施設にいるらしかった。ぼくは、建物の入口を徘徊《はいかい》していた老人を思い出した。

ところが、男性の話を聞いてもっと驚いた。いまはMくんはこの施設のスタッフになっているというのだ。今日は自宅で作業しているというので、呼び出してもらった。ぼくが電話に出ると、当然のことながら、Mくんはものすごくびっくりした。

Mくんが来るあいだ、事務室の隣の部屋で待たせてもらった。打ち合わせ用の長机が置かれていて、施設の活動を紹介するパンフレットや小冊子が置かれていた。警察官のような制服を着た男性が、お茶をもってきてくれた。

一〇分ほどして、Mくんが現われた。最後に会ったのは九〇年代末だから、一七、八年ぶりの再会になる。とはいえ、外見や印象はぜんぜん変わっていなかった。

Mくんは開口いちばん、「なんでここにいるんですか?」と訊いた。でもそれは、ぼくが知りたいことだった。

施設を案内してもらったあと、国際通りの沖縄料理店にご飯を食べにいくことにした。

Mくんが世話になっているのは沖縄出身の牧師が設立したNPO法人で、「朝日のあたる家」のほかにリゾート地の別荘を改装したホームレス・シェルターと、倒産した結婚式場を改築した子どものための給食施設を運営しているとのことだった。スタッフには施設の元利用者も多く、事務室にいた制服姿の男性もその一人で警備の仕事をしている。前科十数犯で、十代からの人生のほとんどを刑務所で過ごし、自ら望んで警察官のような制服を着て憧れの仕事をしているという話だった。

Mくんはアルコール依存症の病院を退院したあと、どこにも行くところがなくなり、やがてホームレスになって山林で野宿を始めた。それを近所のひとが見つけて市役所に通報したが、福祉課でも扱いに困って、路上生活者のための施設を運営している牧師になんとかならないかと相談したという。幸い空きがあって、Mくんはようやく安住できる場所を確保した。

そこでMくんは、回心を体験することになる。「イエスさま」と出会ったのだ。

いまやMくんは教会の信徒総代で、牧師の資格を得るために通信教育で勉強していた。施設での仕事は、信者や関係者のための印刷物をつくることだった。事務室の机に置いてあったパンフレットや小冊子の多くは、Mくんが文章を書いたり編集したりしたものだったのだ。

それ以外に週にいちど、地元のＦＭラジオに番組をもっていて、「イエスさま」について話しているのだといった。

薬物とアルコールに依存してからつらいことの多かったＭくんの人生だが、彼を救ったのは「イエスさま」でもあり、「仕事」でもあった。東京の出版社で編集経験があるような人材（それに彼は優秀だった）は、地方にはほとんどいないのだ。

夜までＭくんと話し込んで、ホテルまで送ってもらった。まだ一〇時過ぎで、それから近くのバーに飲みにいった。「イエスさま」と出会ってからＭくんは禁酒をつづけているので、さんぴん茶で郷土料理を食べていたのだ。

季節はずれの冬の嵐のあとで、小さなバーにほかに客はいなかった。カウンターでバーボンを啜《すす》りながら、今日の不思議な出来事を思い返した。

いろいろあったけれど、Ｍくんはとりあえず自分の居場所を見つけ、将来の夢を語ることができるようになっていた。ぼくは「神さま」を信じないが、それでもじゅうぶんすごいことだと思った。

最後に、この本に登場してくれたひとたちのその後を書いておきたい。

二十三歳のときにつくった編集プロダクションでいっしょだったＩさんは、その後、大手新聞社系列の出版社でトレンド雑誌の編集に携わり、何誌かの編集長を歴任したあと、早期退職して悠々自適の生活を送っているという。

その会社の社長だった本宮さんとはずっと疎遠になっていたのだが、一〇年くらいあとに突然、電話がかかってきた。しばらく九州にいて、そこでとても素晴らしいひとに出会ったのだという。

その頃ぼくは人格改造セミナーの潜入記をつくっていて、何人かの体験者に話を聞いたのだが、本宮さんの妙に高揚した口調はセミナー体験者とまったく同じだった。ぜひ会っていろいろ話したいといわれたが、それ以来連絡はない。

元妻は再婚して子どももでき、いまはシリコンバレーで暮らしている。渡米する前は、息子と三人でたまに食事をした。「ぼくはふつうのサラリーマンになる」といっていた息子は、社員一〇人ほどのＩＴ関係の会社を経営している。

ぼくのほうも新しいパートナーと出会い、独立して、「本を読むことと原稿を書くこと、そしてときどきサッカーを観る」というシンプルな生活をしている。なんの変化もない毎日だが、その代わり一年のうち数カ月を旅にあてている。

なにもわからないまま上京し、大学に入って最初にできた友だちが篠原くんだった。学ランに角刈りでドストエフスキーを語るのが、ものすごく目立っていたからだ。篠原くんとはその後も一〇年ほどつき合いがつづいたが、彼の生活が荒れたことで関係は途絶えた。

近頃はどんなことでも検索できる。そこで篠原くんの名前を検索してみると、何件かヒットした。そのなかに大阪の高等学校の同窓会の案内があって、年から逆算すると、篠原くんに間違いないようだった(あまりない名前なのだ)。

「ほんとうに久しぶりの同窓会なので、できるだけ多くの仲間に集まってほしいんです」と幹事が呼びかけていた。篠原くんの名前は、「手を尽くしても連絡先がわからない同級生」のリストのなかに入っていた。

あとがき

これでぼくの「記憶のなかの物語」は終わりだ。

わざわざ「記憶」を強調するのは、それが無意識のなかで自分に都合よく書き換えられることがわかっているからだ——それも非常に頻繁に。執筆にあたってできるだけ当時の資料にあたったが、それでもぼくが出会ったひとには異なる物語があるだろう。

本文に登場する人名は、実名、仮名、イニシャルをとくに断りなく使っている。ぼくのなかではそのようにする必然性があるのだが、読者には関係ないのでわざわざ説明することはしなかった。

記憶が変容するように、年齢によって書けるものも変わってくる。若いときの話を書くならこれが最後の機会だと思ったのが重い腰をあげた理由のひとつだが、「むかしはよかった」というのは好きではない。いまの二十代のなかには、ぼくよりずっと面白い体験をしているひとがたくさんいるだろう。

その後ぼくは、「世の中の仕組みはどうなっているのか」とか、「どうやったらもうちょっとうまく生きられるようになるか」というような本を何冊か書くが、そのとき気づいたことを最初から知っていればまったくちがった人生になったと思う。でもそれは、ものすごくつまらない人生だったかもしれない。

振り返ってみれば、バカな頃がいちばん面白かった。だけど、ひとはいつまでもバカではいられない。そういうことなのだろう。

二〇一七年十二月　橘　玲

解　説——どこまでいってもポストモダン　どっちを向いても銀色の海

浅羽通明

「あの時代は何だったのですか／あのときめきは何だったのですか」
「みんな夢でありました／何もないけど／ただひたむきな／ぼくたちが立っていた」
森田童子「みんな夢でありました」

本書は、橘玲の青春回想記だ。
私は光栄にも、橘氏と面識がある。本書中、一箇所、私の名前が出てくるが、九〇年代、編集者時代の氏にお世話になった。この解説を依頼して下さったSさんほか幾人かの優秀な編集者に恵まれた私だが、頭の切れ味においては、橘玲ことUさんがとびぬけていた。

橘氏と最後に会ったのはもう十年以上まえだ。高田馬場の地下喫茶でそのとき聴いた話は、今も忘れられない（氏は『残酷な世界で生き延びるたったひとつの方法』（幻冬舎文庫）でもそれを記している）。

モナコのモンテカルロ。大きなイベントがあれば、世界の億万長者（ビリオネア）が、集まってくる。彼らが乗ってきた全長百フィート、最低でも十億円を下らぬ大型クルーザーで、港は埋めつくされる。

むろん皆、彼ら自慢の持ち船だ。願わくばいつかは、そんな大型クルーザーの、さらにはプライベート・ジェットとやらのオーナーになりたいものだと、うらやみ夢見る人は、この島国にはいまもかなりいるだろう。

「でもねえー」

橘氏は、語った。クルーザー一隻だけなら、どれもそれはそれは豪奢なのだけど、それが数十隻うじゃっとひしめいている光景は、なんとも寒々しくビンボー臭かったと。

これを、なまじな人、たとえば私のごとき貧乏人が吐いたのなら、「すっぱいブドウ」的なただのひがみ発言にしか聞こえないかもしれぬ。しかし氏の場合は、そうではない。

『お金持ちになれる黄金の羽根の拾い方』以来、いま最も賢明な投資や資産防衛術を指南するベストセラーを連発。小説へ進出すれば、これまた大ヒット。著名な文学賞の候補にもなった。さらに、現代最大のタブーへ切りこむ「言ってはいけない」シリーズも空前のベストセラーとなり、新書大賞に輝いている。

そんな氏である。もしも、セミナー講師やコンサル業を貪欲に手掛け、知悉している国際的なマネーの動きに乗るような人だったら、大型クルーザーくらいすぐにでも手にできるだろう。

しかし氏は、モンテカルロの大型クルーザーの大群を、「ビンボー臭い」といい棄てた。彼は「金に飽きた」(映画「竜二」より)のである。つまり、「金」に象徴されるそれは膨大なものをもうとっくに追い越した地点を、いま歩いているということだ。

さて――、

橘玲本はどれもそうだが、本書もまた、いろいろな角度からの読み方ができる。それだけ内容が詰まっていて、読みどころがいっぱいなのだ。

まず、先述したようにこの書は青春記、橘玲ビギニングである。上京して早稲田に入学、卒業後は主に編集者として、三十代半ばまでに、出版業界の裏表を知り尽くす。

橘玲ファンならば、読みながら無数の発見があるだろう。

たとえば、「新橋の零細出版社」勤務時代、同僚にW・P・マッギヴァーンを教えられ、アメリカン・ハードボイルドの世界に親しむようになってゆくくだり。私たちは、世界経済を舞台として物語られる橘作品を彩る派手めなアクション、そしてあの抑えた文体のルーツを覗く想いがしないか。

件の零細出版社で上司だったという赤川さんとか佐藤さんとか村田社長とか、業界の底辺、世の周縁を泳ぎながら、犯罪すれすれの「成功」＝一獲千金を夢見る、なんともいかがわしくて危なくて、ゆえに魅力的な怪紳士たち。

彼らを思いきりスケールアップして、エンタメ的肉づけでふくらませたなら、国際的陰謀の闇を棲みかとする橘エンタメ小説おなじみのあの悪党たちとなるのだろう。

あるいは、短命に終わった論壇誌の編集長時代、「差別表現」をめぐって「糾弾」された一部始終を回顧するくだり（貴重な実況記録である）。そこで開陳される橘氏の「差別」についての考察を読めば、氏が『言ってはいけない』とその続編を著した知的背景が、鮮やかなまでに浮上してこないだろうか。

だがしかし、こういった「メイキング・オブ・橘玲」的な興味深さは、本書のほんの枕にすぎない。

たとえばタイトルとなった80’s（正確には七〇年代末と九〇年代中葉までを含んだ「長い八〇年代」）東京の光景を追っても、本書は充分読み応えのある一冊ではないか。

高度成長期以来、大量生産された家電を各家庭に横並びに購入させるシステムではもはや立ち行かなくなった日本経済が、「少衆」「分衆」「見栄」といったマーケティング戦略で、「文化」を売ろうとやっきになっていたバブル前夜。大学生の圧倒的多数が、何よりもマスコミ就職に憧れたあの時代。広告業界とセゾン・グループとフジテレビの全盛期。日本人観光客が世界のリゾートをねり歩きブランドものを買い漁った。全国をコンビニとファミレスが埋めつくしていった。「おいしい生活」。「ラスト・クリスマス」。女子大生ブーム。秋元康。アダルト・ビデオ。

SNSやケータイこそまだなかったが、そこでは、「現在」が準備されつつあった。アーリー・タイム・イン・トーキョーだ。

平成期、援助交際等で話題となったコギャル文化を地ならししつつあった「ティーンズ雑誌」の編集者だった二十代の橘玲は、その眺望のまっただなかにいた。本書はその記録としても重要だ。

そんな彼がもらす、あの頃こそ、「東京がいちばん輝いてみえた」時代だったという感慨は、氏と同年生まれの私にはよくわかる。

もっとも、この時代を活写した回想記ならば、他になくもない。あの「ナイスですねぇ」の怪人物が暴れまくる本橋信宏の『裏本時代』とか、美少女アイドルが総登場する中森明夫の『青い秋』とか。しかし、それらのド派手さと比すると、橘氏の筆致はかなりにシブすぎる。

だがそれも当然で、本書『80's』は元より、そうしたスキャンダリズムだけ、回顧的面白さだけで読ませる本ではないのだ。

では、どう読むべき本なのか。

私がもっとも興味深く読んだのは、橘氏が、学生時代、いわゆる「ポストモダン」（ポモと氏はかわいく略している）の洗礼を受けたというあたりだった。

「ぼくの書いたものを読むと、その頃の影響（ポモっぽい匂い）が残っていることに気づくひともいるだろう」と氏は記す。

『知的幸福の技術』（幻冬舎文庫）の「参考文献」冒頭にも、「私は一九八〇年前後の、ポストモダン哲学（フランス構造主義）の全盛期に大学生活を送ったが、自分の書いたものの中に、その当時の影響が色濃く残っているのを知って驚くことがある。同世代の人なら、たぶんその独特の匂いに気づくに違いない」と繰り返している。

なるほど、同世代の私はたしかに気がついた。

匂いという以上に、橘玲の論述にはポストモダンの考え方が骨がらみに組みこまれていることに。

たとえば、氏が、「差別」について考察したこんな文章。

「ぼくの政治的立場は共同体よりも個人の自由な選択を優先すべきだという『リベラル』だ」とする氏は、「本人の意思や努力ではどうしようもないもの（中略）を理由としたいかなる差別も許されないのは当然のことだ」と記す。

しかし氏は、「大前提として」と断りを入れつつこんな一文を付記せずにはいられないのだ。

「すべての個人が生まれながらにして普遍的な人権をもつという近代のパラダイム（枠組み）が、自由な社会の礎石になるとぼくは考えている」と。

凡百のいわゆる「リベラル」ならば、いわれなき差別が「当然」許されないのと同様、すべての人間が人権を有することだって「当然のことだ」といって済ませるところだ。

しかし氏は、「人権」が普遍的な真理でも何でもなく（本書は、何億もの信者を擁するイスラームにおいて、「人権」の居場所など原理的に認められないことへも言及している）、あるお約束のひとつにすぎないのがわかっているのである。

その上で、「個人の自由尊重」という氏の個人的な価値観から、そのお約束を採用するという。

ポストモダンの論理とは大方、こういうものだ。

氏は基本的にずっと、すなわち現在もなお、そうした哲学を根底に仕事をし人生を旅している。

高校時代、ドストエフスキーの世界を知り、文学部露文専攻へ進んだ橘玲。そこから「ポモに乗り換えた」と氏は振り返る。しかし、氏も書いている通り、ポストモダン思想の源流をなすひとりM・バフチンが、ドストエフスキーをその「ポリフォニー」理論の実作例としたように、両者は乗り換えるまでもなく、ひとつながりなのだ。

また、後のベストセラー・メーカーで無敵の論客、橘玲の武器庫というべき、進化心理学や行動遺伝学、複雑系やゲーム理論、ビッグデータ解析、脳機能学、神経生理学、認知科学などの先端的知見の数々。

哲学議論の定番だった「意識」がこれら科学で解明され、ポストモダン哲学も急速に価値を失っていったと氏は説く。そうだろうか？　ポストモダンの哲学はもとより、それまでの近代の思想が奉っていた意識とか主体とかを疑い、解体する立場ではなかったか。

そう考えるかぎり、最近の科学論文やデータを駆使して、近代イデオロギーが「言ってはいけない」と私たちから隠蔽してきた領域、常識の舞台裏を暴いてくれる橘玲は、やはり最強のポストモダン論客なのである。

そういえば、八〇年代のポストモダン全盛期にも、栗本慎一郎などが、橘玲と比べるとずいぶん雑駁な立論ではあったが、意識や感情を脳内物質の作用であるとばっさりやって人気を博していた。

意識や主体までを解体し疑って止まぬポストモダン。先述のごとく、そこでは、人権など一お約束事以上ではない。平等も、平和も、ヒューマニティも、みんなそんなものでしかない。

あらゆるきれいごと、理想、正義、道徳、価値が、たまたまそういうこととされたお約束にすぎぬと見定められたとき、氏のいうように、自分こそが「『真理』を独占している」という「ものすごく気分がいい」優越感に浸れる。そうして、「自分がなにものでもない」みじめさを、一時であれ、忘れることができるのだ。では、そんなポストモダン思想によって、正義や理想を否定したとき、後に何が残るのだろうか。

それは、ポストモダンの大先達とされるニーチェがいう「力」とか「生」とか「無意識の衝動」、そのバージョンである「欲望」とか「快楽」とかだった。

本書で回想される人生彷徨の終わり近くで、著者は海外投資やタックスヘイブンについて勉強を始めている。それは、売れっ子作家橘玲誕生への助走だった。

世界を流れる「金」の動きには、「実」がある。少なくとも「主体」や「人権」よりは。元ポストモダン青年はきっとそう見切ったのだろう。

しかし、橘氏は「金」を絶対的に信じてなどまったくない。氏の投資本、節税本、幸福本のいずれも、金が至上だとも金があなたを幸せにしてくれるとも説いていないのだ。幸せや充実のためには、金を稼いでおいたほうがたいがいよいと指摘しているだけだ。「金」の動きは「実」ではある。しかし、それが「真実」である保証はない。そう考えるだろう橘玲は、自称するとおりいまなおポストモダニズムの影響下で著述している。

以上を踏まえ、あらためて本書を読んでみよう。

橘氏の同世代が幾人も登場してくる。

才能あふれるライター／編集者でありながら、快楽を追求してドラッグへ深入りし、逮捕され、ついには鬱病でひきこもってゆく青山正明。

やはり仕事のできる編集者だったが、赤い月の下で踊りあかして人生をリセットしようとオーストラリアの無人砂漠へ赴き、家庭も仕事も失い流浪してゆくMくん。

そして、橘氏が大学に入学して最初に出来た友達、学ラン角刈り姿の大阪弁でドストエフスキーを語っていた篠原くん。

実際には何を読み読まなかったかにかかわらず、彼らは皆、ポストモダンの落とし子だと思われる。

いや、橘玲自身、下宿近くの喫茶店でバイトしていた学生時代、卒業後もウエイターでいいやと考えていた時点で、M・フーコーを読もうと読むまいと、すでにポストモダニストだったのだ。

　本書に綴られているのは、そんなポストモダンの時代に洗礼され刻印をうけた世代の遍歴物語なのであり、彼らこそが、本書という「記憶のなかの物語」で、橘氏と共にセンターを務める主役キャラにほかならない（殊に「篠原くん」は、ユング心理学でいう、氏のシャドウのごときダークな魅力を発つ）。

　本書のエピローグが、彼ら三人の終着駅点描となっているのがその何よりの証拠である。

　著者橘氏自身はどうか。

　新しいパートナーと出会い、独立。本を読み、執筆し、サッカーを見る。そして、毎年、数か月、世界を旅しているとエピローグにある。

　プロローグでは、観光地の美しい自然や遺跡から、紛争や戦災の生々しい痕まで、氏が間近に見た光景が、スライド・ショーのように描写されてゆく。

　なんと充実した堂々たる人生だろう。

　感嘆する想いのなかでふと、「退屈」という言葉が浮かんだ。

「シェルタリング・スカイ」という映画がある。原作は、「失われた世代」に属するアメリカ作家P・ボウルズ。

人生のすべてに絶望し、サハラ砂漠の彼方へ本来の自分をみつける放浪を試み、過酷な破滅へ誘惑されるがごとく転落してゆく三人の男女。

行きどまりと知りつつ敢えて生きる彼らの生。それは、白人の男なら誰もが知悉した世界だが、日本の男は誰もわからないと淀川長治がいったという。

何ごとにも例外はある。時代も変わった。

淀川氏は間違いなくその例外だ。本書にも名が出てくる宮台真司氏（この人も橘氏や私と同じ年だ）は、淀川のこの言を引用していたが、自らも淀川氏に続く例外となるべく真面目な努力を続けているごとく見える。

本橋信宏、中森明夫らの視界には、もう例外の景色が入っている頃か。青山正明は、そのやや手前で倒れ、Ｍくんは引き返したのだ。篠原くんはどうだろう。

橘玲はどうか。

モンテカルロの港で、ビリオネアたち自慢の大型クルーザーにビンボー臭さを実感してしまった男。

「シェルタリング・スカイ」なんか、彼はとっくに通過してしまっているに違いあるまい。

ところで――、

私、浅羽通明も、彼らと同世代だ。

若き橘玲がフーコーを読んでいた頃、私は同じキャンパスで、内外の幻想文学、エリアーデや折口信夫、東洋思想あたりをかじっていた。フーリエとかアナーキズム文献とか偽史とかも漁った。

橘氏は、ポストモダン青年の愛読誌として、「現代思想」「エピステーメー」を挙げている。対するに私は、ラディカルな難解路線を採っていた頃の「宝島」と松岡正剛編集の「遊」あたりを追っかけていた。

そのあたりは、本書が触れている「精神世界系」と多少かぶる。だが私は、「インドのアシュラム」とか「チベット密教」には接近しなかった。橘氏が無縁だったという「ちがう自分になりたい」という願望と、私もまた遠かったからだろう。一方、氏がものすごくバカにしていた「世界同時革命」「世の中まちがっている」は、私にはきわめて親しい実感だった。ただし、「世界」「世の中」というよりは「宇宙」(いまどきの用語では「セカイ」)すなわちいまある現実のすべてを転覆したかったのだけど。

だから、一九九五年のオウム真理教テロ事件は、橘氏とちがってきわめて了解できた。本書で、唯一私の名前が出てくるのが、氏が雑誌編集者としてオウム事件と対峙した箇所であるのも、ひとつの必然だろう。

元ポモ青年と元精神世界系革命「おたく」との稀有な協働が、あの年、成立したのだ。あの時の氏の上司は、本書にも明かされているように難解時代の「宝島」編集長・故石井慎二氏だった。これも決して、偶然ではあるまい。

この話題はまだ終わらないが、これ以上述べるのは、橘氏が「それについて語るには別に一冊の本が必要になる」と述べたもう一冊を読んでからにしたほうがよさそうだ。

私が本書でもっとも泣けた文章は、プロローグ最後の三行だった。寸描された地方進学校生のふるえる孤独な心。それは、四十年まえに谷山浩子が、「教室の窓から見る秋は／いつも不思議に光ってた／北向きの窓のすりガラス／ギリシャの海も見えた」（「窓」）と唄ったものであり、さらに遡るなら石川啄木が「空に吸われし十五の心」と詠ったあの抒情である。私にも痛いほど覚えがあって、涙がにじんだ（私の中学校の窓からも海が見えた）。

あれから四十年、橘玲は、あの窓の向こうへとびでて、常人の何倍も濃い人生を満喫し、海の彼方まで歩き通した。

私はというと、そもそもの出発点でもう世の中にも人生にも怯えて足が竦んでしまった。最初の一歩すら踏み出せなかったのだ。すなわち「娑婆の案内書」（©谷川雁）を破るべくもなく、結局、あの窓の外を何も知らない学生時代のまま老いて、ただ基礎疾患を進行させつつある。

だからいま、人生見るべきものは見、ポストモダンがもたらすニヒリズムと退屈すら通りこし、なおその先を旅している橘玲、もといUさんにあらためて問うてみたい。

いま、何が見えている?

――星読ゼミナール主宰

(浅羽の最近の活動についてはTwitterアカウント@hoshiyomizemiか、@Doranekodoをご参照下さい)

この作品は二〇一八年一月太田出版より刊行されたものです。
JASRAC 出 2005540-001

幻冬舎文庫

●好評既刊
タックスヘイヴン　Tax Haven
橘　玲

在シンガポールのスイス銀行から日本人顧客のカネを含む1000億円が消え、ファンドマネージャーが転落死した。名門銀行が絶対に知られたくない秘密とは？　国際金融情報ミステリの傑作。

●好評既刊
新版 お金持ちになれる黄金の羽根の拾い方　知的人生設計のすすめ
橘　玲

国、会社、家族に依存せず自由に生きたいなら資産1億円が要る。欧米や日本では特別な才がなくとも勤勉と倹約それに共稼ぎだけで目標に到達する。誰もができる人生の利益の最大化とその方法。

●最新刊
レッドリスト　絶滅進化論
安生　正

都内で謎の感染症が発生。厚生労働省の降旗と、感染症研究所の都築は原因究明にあたる。地下鉄構内の連続殺人など未曽有の事件も勃発。混乱を極めた東京で人々は生き残ることができるのか？

●最新刊
口笛の上手な白雪姫
小川洋子

公衆浴場の脱衣場にいる小母さんは、身なりに構わず、おまけに不愛想。けれど他の誰にも真似できない口笛で、赤ん坊には愛された――。偏愛と孤独を友とし生きる人々に訪れる奇跡を描く。

●最新刊
花村遠野の恋と故意
織守きょうや

九年前に一度会ったきりの少女を想い続ける花村遠野。殺人事件の現場で記憶の女性と再会する。事件を捜査中という彼女たちに協力を申し出た遠野だったが……。犯人は誰か、遠野の恋の行方は？

幻冬舎文庫

●最新刊
インジョーカー
組織犯罪対策課 八神瑛子
深町秋生

八神瑛子が刑事の道に迷い、監察から厳しくマークされるなか、企業から使い捨ての扱いを受ける外国人技能実習生が強盗事件を起こした。刑事生命の危機を越え、瑛子は事件の闇を暴けるのか？

●最新刊
美しいものを見に行くツアーひとり参加
益田ミリ

北欧のオーロラ、ドイツのクリスマスマーケット、赤毛のアンの舞台・プリンスエドワード島……。一度きりの人生。行きたい所に行って、見たいものを見て、食べたいものを食べるのだ。

●最新刊
風は西から
村山由佳

大手居酒屋チェーンに就職し、張り切っていたはずの健介が命を絶った。恋人の千秋は彼の名誉を取り戻すべく大企業を相手に闘いを挑む。小さな人間が懸命に闘う姿に胸が熱くなる、感動長篇。

●最新刊
ウォーターゲーム
吉田修一

水道民営化の利権に群がる政治家や企業が画策したダム爆破テロ。AN通信の鷹野一彦と田岡は首謀者を追い奔走するが、事件の真相に迫るスクープが大スキャンダルを巻き起こす。三部作完結！

●最新刊
吹上奇譚
第一話 ミミとこだち
吉本ばなな

双子のミミとこだちは、何があっても互いの味方。しかしある日、こだちが突然失踪してしまう。故郷吹上町で明かされる真実が、ミミ生来の魅力を目覚めさせていく。唯一無二の哲学ホラー、開幕。

80's　エイティーズ
ある80年代《ねんだい》の物語《ものがたり》

橘《たちばな》　玲《あきら》

令和2年8月10日　初版発行

発行人――石原正康
編集人――高部真人
発行所――株式会社幻冬舎
〒151-0051東京都渋谷区千駄ヶ谷4-9-7
電話　03(5411)6222(営業)
　　　03(5411)6211(編集)
　　　振替00120-8-767643
印刷・製本―中央精版印刷株式会社
装丁者――高橋雅之

幻冬舎文庫

ISBN978-4-344-42990-1　C0195　た-20-9

幻冬舎ホームページアドレス　https://www.gentosha.co.jp/
この本に関するご意見・ご感想をメールでお寄せいただく場合は、
comment@gentosha.co.jpまで。